U0012089

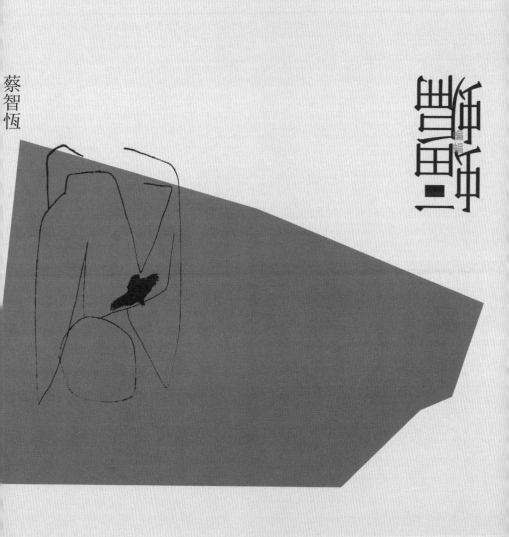

蔡智恆

米克

在你身邊讓你珍愛的動物，
可能是你前世的親人、朋友或是愛人，
當牠陪你度過你這輩子最艱難的歲月後，便會離去。

「在你身邊讓你珍愛的動物，可能是你前世的親人、朋友或是愛人，
　當牠陪你度過你這輩子最艱難的歲月後，便會離去。」

你相信這種說法嗎？
如果是 11 年前，我大概會嗤之以鼻；而現在的我，可能會相信。
但與其說相信，不如說我希望這種說法是對的。

我今年 39 歲，依台灣人的說法，歲數逢「九」那年會比較難熬。
偉人尤其是如此，例如岳飛和鄭成功都在 39 歲那年去世。
幸好我不是偉人，只是平凡的男子，所以活到 40 歲以上的機率很高。
雖然 39 歲這年應該難熬，但我在這年的運勢反而逆勢上揚，
甚至可說是我生命歷程中的高峰。

或許當我 70 歲時回顧人生會有不一樣的感受，但對 39 歲的我而言，
只覺得艱難的歲月似乎都過去了，從此我將平穩、安定地過日子。
所謂「艱難」的歲月是從何時開始？
大概可以從我 28 歲那年算起。
而我也在那年 9 月，養了一條狗，牠叫米克。

米克的原名其實是米克斯，英文的意義是 mix。
第一次帶牠去打預防針時，獸醫在「品種」那欄填上：mix。
「mix？」筱惠問，「米克斯犬？這是哪種狗？」

『笨。』我說,『mix 表示混種或雜種的意思。』

「哦。」她笑了,「不過米克斯這名字不錯,我們就叫牠米克斯吧。」

但米克斯只叫了兩天便覺得拗口,後來乾脆省去「斯」,只叫米克。

筱惠那時是我的女朋友,我在研二快畢業時經由朋友介紹而認識她。

我們年紀相同、興趣類似,也很談得來,一個月後便成為男女朋友。

其實認識她的時間點並不恰當,因為我一畢業就得去當兵。

俗話說:男當兵女變心,我在入伍前夕最擔心的事就是這句話成真。

記得要入伍那天,她陪我在火車站的月台上等車。

月台上還有幾對和我們一樣因入伍而即將分離的情侶,

他們的神色有的凝重,有的面無表情,有的甚至如喪考妣。

只有筱惠例外,即使火車終於進站,她甜美的笑容一如既往。

「去吧。」筱惠笑著說,「放假時一定要來找我哦。」

『為什麼妳不難過?』我很疑惑,『妳在逞強嗎?』

「哪有。」她輕輕推了推我,「快上車吧。」

我上了火車,走進車廂前還依依不捨回頭望著她。

「好好照顧自己,萬事小心。」她說。

火車汽笛聲響起,我的心瞬間下沉。

「我 —— 會 —— 等 —— 你。」她雙手圈在嘴邊,一字一字小聲說。

我心頭一熱，眼角有些濕潤。

「bye-bye。」她揮揮手。

『不准妳追著火車跑。』火車起動的瞬間，我說。

「我才不會。」她又笑了。

筱惠果然沒追著火車跑，只是站在原地不斷揮手，

直到她的身影在我視線消失為止。

但有幾個女孩真的追著火車跑，邊跑邊哭邊呼喊情郎的名字，

其中有一個穿高跟鞋的女孩還不小心跌倒。

現在是怎樣？在拍電影嗎？

新訓時我的心情還好，但下部隊前我居然抽到外島籤，我心想完了。

果然在外島服役期間，我只回台灣本島三次。

雖然每次都見到筱惠，而且她的笑容依舊甜美，但我擔心這只是假象。

部隊的老鳥說女孩通常等男孩退伍後，才會說出已變心的事實。

因為她們怕男孩想不開而成為逃兵，或是受不了刺激於是發瘋抓狂，

在半夜高喊：通通都去死吧！然後開槍掃射同袍。

一年十個月後，我終於等到退伍這天。

聽過《*Tie A Yellow Ribbon Round The Ole Oak Tree*》這首歌嗎？

我的心情就像歌裡所唱的一樣，但我沒叫筱惠在月台柱子上綁黃絲帶。

我先坐船回台灣本島，到台灣後打通電話給正在上班的她，

告訴她我退伍了、剛回台灣，然後我再坐火車回家。

下了火車，走出車站，竟然看見她站在出口處等我。

「嘿。」筱惠甜美的笑容一如既往，「我真的沒有變心哦。」

我感動莫名，那一瞬間我下定決心，我要跟這女孩一生一世。

筱惠在我服役期間離鄉背井到一家貿易公司上班，已待了快兩年。

退伍後半個月，我也離鄉背井到筱惠所待的城市裡，

找了家工程顧問公司上班。

這年我和筱惠都是26歲。

為了我們的美好未來，我很努力工作存錢，不放過任何加班的機會。

原本工作很穩定，但後來公司受不景氣影響，開始拖欠薪水。

我在那家公司工作一年半後，也就是我28歲那年春天，

在積欠所有員工三個月薪水的窘況下，老闆跑掉了。

筱惠安慰我錢再賺就有，千萬不要氣餒喪志。

這道理我懂，雖然三個月將近11萬塊的薪水對我而言不是筆小數目。

我真正擔心的是，景氣實在不好、工作真的難找。

如果沒有穩定的工作，我很難承諾給筱惠美好的未來。

我很用心找了兩個禮拜，新工作仍然沒有著落。

後來經由以前研究所學長介紹，我進了某間大學當研究助理。

這工作不算穩定，但起碼有薪水，而且我決定報考公務人員高考二級，

在學校當研究助理比較容易抽空唸書。
收入比以前的薪水少，而每個月最大的支出 —— 房租卻要漲了。
我告訴筱惠我想搬家，租一個便宜點的地方。

「不如我們住在一起吧。」筱惠說，「可以省一份房租，減少支出。」
『這樣好嗎？』
「我們得多存點錢才能結婚，不是嗎？」
『話是這樣說沒錯。』我有些遲疑，『可是……』
「喂。」她睜大眼睛，「你會娶我吧？」
『那是當然。』
「那麼就住一起吧。」她笑了。

我們找了一間在老公寓頂樓的房間，十坪左右。
頂樓只蓋了這房間，其餘三分之二的空地種了些花草。
房東住樓下，原本這房間是給他兒子用的，但兒子現在已出國唸書。
房東人看來不錯，房租也比市價便宜，我和筱惠便租了下來。
我們很喜歡這個空曠的陽台，於是擺了張桌子和兩個椅子，
晚上常在陽台上泡茶聊天、看看夜景。
從某個角度來說，這裡像是只屬於我和筱惠的世外桃源。

可惜好景不常，搬進這裡兩個多月後，家裡就遭小偷。
家裡沒放多少現金，值錢的東西也很少，因此損失並不大。
除了現金外，大概丟了電視、電腦、印表機，和一些小飾品。

我只覺得憤怒和無奈，但筱惠卻嚇哭了。

『別怕。』我拍拍她的背，『我在這。』

「但你常常很晚才回家，我一個人會怕。」

我不知道該說什麼，即使再搬家，小偷還是會繼續存在。

「不如我們養條狗吧？」筱惠說。

『養狗？』

「嗯。」她點點頭，「狗會看家，小偷就不會來了。」

『不行。』我搖搖頭，『我反對。』

「為什麼反對？」她說，「你討厭狗嗎？」

『總之我堅決反對養狗。』

筱惠滿臉疑惑看著我。認識好幾年了，我猜想她認為已足夠瞭解我。

在她的認知裡，我應該是不討厭狗才對。

我突然這麼反對養狗，也難怪她會覺得驚訝。

其實我不討厭狗、也不怕狗，相反的，我非常喜歡狗。

這種喜歡，恐怕比一般喜歡狗的人還喜歡。

我反對養狗的原因，只是單純不想再養狗而已。

在我上幼稚園時，家裡養了一條黃褐色短毛狗，我們叫牠小黃。

小黃其實是我爸養的，據說他希望讓家裡三個小孩接觸狗、愛護狗。

他說愛護狗的人會比較善良，也會從狗身上學會忠誠、盡責等特質。

我不曉得我是否已具備這些特質？

我只知道小黃的存在讓我很開心。

我常偷偷把小黃抱上床一起睡，也常把便當中的肉塊留給小黃吃。

媽媽發現後總是一頓罵，既罵我，也罵小黃。

但後來最疼小黃的人，反而是媽媽。

每天早上小黃會跟在媽媽的腳踏車後，陪她到菜市場。

然後小黃會在菜市場入口安靜等待，媽媽買完菜後小黃再陪她回家。

「小黃好乖。」媽媽回家後第一件事就是摸摸小黃的頭。

有次小黃鑽進牆角瓦斯桶旁，把困擾媽媽很久的那隻大老鼠咬死。

「誰說狗拿耗子叫多管閒事？」媽媽笑了，「小黃乖，幹得好。」

唸小學時，放學後走到離家門口還有十步，

小黃總是突然從家裡衝出來撲到我身上，然後我抱著牠，又叫又跳。

那是我一天當中笑得最開懷的時候。

唸國中時，我養成快到家門口便躡手躡腳的習慣，

沒想到小黃也養成躲在門後的習慣，我一進家門牠又是一個飛撲。

有天小黃突然失蹤了，那時我剛升上高三，小黃已經12歲。

小黃不可能走失，更不可能會有人將牠這種老狗抱走。

但我們全家人足足找了三天，卻怎麼找都找不到小黃。

三天後爸爸才從房子的地板下抱出小黃的屍體。

那時我們住的是老舊的和式房子，一樓地板比地面高約60公分。

地板下面的空間又黑又髒，再怎麼有好奇心的小孩也不會鑽進去。

小時候玩捉迷藏時，都會先說地板下面的空間是禁地，不能躲進去。
誰也沒想到小黃竟然會在那裡。

爸爸抱著小黃鑽出來時，臉已被灰塵染黑，頭髮上也滿是蜘蛛絲。
印象中媽媽從沒哭過，但媽媽一看到小黃的屍體，卻突然哭了出來。
那一瞬間我其實沒有什麼特別的情緒反應，只覺得茫然。
直到當天晚上痛覺才開始出現，然後越來越痛，持續了好一段日子。
小黃陪我度過童年和青少年時期，牠是我成長過程中不可或缺的部分。
小黃的離去，對我而言像是失去至親和最好的朋友，我悲傷不已。
那也是我這輩子第一次的「死別」經驗。

我下定決心不再養狗，我不想再嚐到那種痛苦的滋味。
小黃已經去世十幾年了，現在因為筱惠想養狗又讓我想起小黃。
也依稀想起當初的那種痛覺。
所以我堅決反對筱惠養狗。

「就養狗吧。」筱惠拉了拉我衣袖，柔聲說：「好不好？」
『不好。』我說，『聽我的勸，不要養狗。』
「不要就拉倒。」她似乎生氣了。
『要就推起來。』我說。
筱惠瞪了我一眼，不再回話。
我試著多勸她幾句，也說些無聊的話逗她，但她就是不開口。

我突然想起，筱惠很討厭狗啊，也曾說過她不可能養狗。

記得有次我們在街頭散步時，有位婦人牽了條小狗迎面走來。

那隻小狗不知道怎麼回事，擦身而過時對著筱惠吠了幾聲。

筱惠嚇了一跳，那位婦人也說了聲抱歉。

「真不知道為什麼會有人喜歡養狗？」婦人走遠後，筱惠皺起眉頭：
「狗又吵又臭又髒。而且養狗還會干擾到別人呢。」

『等妳養了狗，妳就不會這樣說了。』我淡淡笑了笑。

「不可能。」她很篤定，「我討厭狗，所以我一定不會養狗。」

對啊，筱惠討厭狗，為什麼現在卻想養狗？

難道小偷的光顧竟然對她的心理造成那麼大的衝擊？

我仔細看了看筱惠的神情，她的三魂七魄似乎嚇跑了一魂兩魄。

『妳再考慮幾天吧。』我於心不忍，只好嘆口氣：『如果還是想養狗，
那就養吧。』

「真的嗎？」她眼睛一亮。

『嗯。』我點點頭，『但妳要考慮仔細。』

「我一定會仔細考慮。」她張開雙臂環抱著我脖子，很開心的樣子。

其實還有另一個我反對筱惠養狗的理由，

那就是我擔心她只把狗當成可愛的寵物。

如果這樣的話，一旦這寵物不再可愛，就會有被遺棄的風險。

我唸大學時，有個學妹養了一條小黑狗，一開始也是寵愛有加。

後來發現小黑狗喜歡亂叫，尤其是學妹不在家的時候。
鄰居來抗議了幾次，學妹也覺得牠很煩，便把牠載到公園放生。
唸研究所時有個學姐養了條拉布拉多幼犬，非常溫馴而且可愛到爆。
但拉布拉多是中大型犬，才養了一年多，可愛幼犬就變成粗壯大狗。
學姐嫌牠不再可愛，也覺得家裡空間不夠，於是牠的下場還是放生。
說是放生，實際上是讓狗等死。

雖然我相信如果筱惠養了狗，是不太可能會把牠放生，
但我還是擔心會有萬一。
我只能期待筱惠在仔細考慮過後，會覺得養狗只是她的一時衝動。
接下來幾天，我在門上加了副新鎖，下班後也盡快回家，
希望能讓筱惠安心點，然後打消養狗的念頭。

有天下班回家時，打開門突然聽到小狗細碎的叫聲。
『我好像聽見狗叫聲。』我問，『妳聽見了嗎？』
「在那裡。」筱惠右手遙指牆角的一個紙箱子。
我走近紙箱，看見一隻小狗。小狗看見我，又叫了幾聲。

『怎麼會有隻小狗？』我很驚訝。
「同事家裡的母狗上個月生出一窩小狗，她問我要不要養一隻。」
筱惠越說聲音越小，「所以我就……」
不知道該說這是劫數還是緣分，我看著那隻小狗，久久說不出話。

筱惠說今天回家的路程很驚險，下班後她先陪同事回家看狗。
當她看到一窩小狗時，全身起了雞皮疙瘩，便想打消養狗的念頭。
但事已至此，同事又很熱心幫她挑狗，她只好硬著頭皮點頭。
同事抱起小狗要交給她時，她卻嚇了一跳，又起了雞皮疙瘩。
即使是可愛的幼犬，她還是不敢摸，更別說抱了。
同事只好將小狗裝進紙箱內，再將紙箱放在筱惠的機車上。
騎機車回家的路上，筱惠根本不敢低頭看狗，全身的神經繃到最緊，
握住手把的雙手也微微顫抖，好不容易才安全回家。

我轉頭看著躺在床上的筱惠，她拉著棉被蓋住全身只露出一雙眼睛。
她的眼神流露出不安和些微恐懼，像闖禍的小孩正等著被責罰。
我覺得又好氣又好笑，既然這麼怕狗，幹嘛非得養狗？

『牠斷奶了嗎？』我問。
「同事說牠剛斷奶。」
『我弄點東西給牠吃吧。』
「好。」筱惠的聲音很細，「謝謝。」
『既然養了狗，就要好好照顧牠。』我說，『知道了嗎？』
「嗯。」她的聲音更細了。

隔天下班回家時，除了聽到小狗叫聲外，竟然還聽到筱惠的尖叫聲。
『發生什麼事？』我急忙打開門，心跳瞬間加速。
我沒看見筱惠，只見小狗在關上門的浴室外頭猛叫。

「你⋯⋯」筱惠發抖的聲音從浴室內傳出,「你趕快把牠抱走。」

我把小狗抱在懷裡,敲了敲浴室的門,說:『沒事了,妳出來吧。』

筱惠緩緩打開浴室的門,門只開了三分之一,便側身閃出跳到床上。

『有這麼誇張嗎?』我嘆了口氣。

筱惠說小狗突然舔了她的腳趾頭,她又驚又怕,反射似的閃躲。

但小狗卻一直跟著她,情急之下她只好衝進浴室鎖上門。

於是小狗在浴室門外猛叫,她在浴室內尖叫回應。

『即使再怎麼怕狗,也應該保留最後一絲人的尊嚴。』我說。

「什麼尊嚴?」

『應該是小狗被關在浴室,人在浴室外面才對。』

「無聊。」筱惠看我抱著小狗向她走近,急忙揮揮手:「不要過來!」

這樣下去不是辦法,得先讓筱惠不怕狗才行。

我抱著小狗,開始訓練筱惠用一根手指頭輕輕碰觸小狗身體,

然後再用一根手指頭撫摸小狗身體。

一根手指頭的訓練課程結束後,接下來便是兩根手指頭。

最後筱惠已經敢用整隻手掌撫摸小狗身體。

『妳真是厲害,竟然只花三天就敢用手摸小狗了。』

「你這是讚美?」筱惠白了我一眼,「還是諷刺?」

我笑了笑,將懷中的小狗作勢要遞給她。

筱惠嚇了一跳,往後退了兩步。

接下來的訓練課程是讓筱惠從小狗背後抱起小狗。
當她習慣了以後，便要嘗試看著小狗眼睛，從小狗正面抱起小狗。
這部分最難，筱惠遲遲不敢動手，我怎麼鼓勵都沒用。

『妳做不到的話，我就不娶妳了。』
「你敢？」
『妳敢不抱小狗，我就敢不娶妳。』
「抱就抱。」筱惠別過臉、閉上眼睛，終於從小狗正面抱起小狗。
『眼睛要張開。』
「知道啦！」筱惠睜開眼睛，轉頭面對小狗。

小狗突然叫了一聲，伸出舌頭，表情看起來像是在微笑。
筱惠先是楞了楞，隨即笑了起來，而且越笑越開心。
可能是筱惠太開心了，也可能是一時衝動，她竟然將小狗抱進懷裡。
「你逃不掉了。」筱惠撫摸懷中的小狗，笑著說：「你得娶我了。」
『這是我的榮幸。』我也笑了。
經過了六天，筱惠終於不再怕狗。

筱惠開始用「狗狗」稱呼小狗，也開始餵牠吃飯。
她還會問狗狗「吃飽了嗎？」、「好吃嗎？」之類的蠢問題。
晚上我們在陽台聊天時，筱惠總是將牠抱在懷中。
「應該要幫狗狗取名字了。」筱惠說。

狗狗的毛色以白色為底，摻雜著黃褐色，很難用傳統的顏色命名法。
我和筱惠只好想些名字，但想了幾天，所想到的名字都不甚滿意。
直到第一次抱著狗狗去打預防針時，才決定把牠取名為「米克斯」。
兩天後再改叫「米克」。

米克是隻活潑好動的公狗，常常在房間裡跑來跑去，精力十分充沛。
有時我嫌牠吵，便會斥責：『米克！安靜點。』
「米克是獅子座，活潑好動是牠的本性。」筱惠立刻回嘴。
『米克是獅子座？』我很納悶。

「米克是在8月出生的呀，當然是獅子座。」
『不。我的意思是狗也有星座嗎？』
「星座學是利用天體的位置來解釋人的性格和命運。如果星座學可以
　適用於地球上的人，那麼狗當然也適用。因為狗也在地球上呀。」
我看著筱惠和米克，完全不知道該說什麼。

為了訓練米克不能在房間內大小便，我不得不施加一點暴力。
筱惠看到我打米克時會很心疼，總是阻止我，甚至一把抱走米克。
在她的干擾下，訓練米克便毫無成效，米克依然在房間內大小便。
有天早上我起床時，發現褲子竟然濕了，我嚇了一跳，莫非尿床了？
但我不可能尿床，而且我早已過了青春期，也不會在夢裡遺失了什麼。
後來才發現那是米克的尿。

『如果妳要把米克抱上床一起睡，就得讓我訓練牠到陽台大小便。』
我指著褲子上那灘尿漬，神情有點嚴肅。
「好吧。」筱惠抱起米克，似乎怕我打牠，「不過你不可以打太重。」
『我會輕一點打，妳放心。』我說，『妳只要忍耐幾天就好。』

接下來幾天，我只要一逮到米克在房間內尿尿，便當場打牠。
筱惠總是別過臉、摀住耳朵，不敢看也不敢聽牠的哀叫聲。
然後我用衛生紙擦乾牠的尿，再將衛生紙團放在陽台角落。
到了第四天，米克終於知道要到陽台上放了一堆紙團的地方大小便。

筱惠很寵愛米克，餵食和洗澡也都一手包辦。
當她發現米克的碗內還有剩下的食物時，便會抱著米克，
把剩下的食物放在掌心，讓米克慢慢舔著她的手掌。
米克在洗澡時很安靜，偶爾會舉起前腳，露出腋下，讓筱惠刷洗。
筱惠總是一面幫牠洗澡，一面哼著歌。
洗完澡後她會拿吹風機吹乾牠全身每一根毛，不管是白色還是黃褐色。
毛吹乾後，米克便會興奮地在房間內繞圈子，然後在筱惠的腳邊磨蹭。

米克的出現或許激發了筱惠的母性，於是筱惠把米克當兒子般對待。
筱惠開始對米克自稱「媽媽」，並把我稱為米克的「爸爸」。
於是在牠的認知裡，「米克」是自己，「媽媽」是筱惠，「爸爸」是我。

記得第二次帶米克去打預防針時，當晚米克竟然出現了過敏反應。
米克全身發癢，滿臉都是紅疹，拚命用後腳猛抓臉，抓出幾道血痕。
筱惠又慌又心疼，整晚抱著米克不睡，並朝牠臉上猛吹氣希望能止癢。
「米克乖，不要亂抓。」她幾乎快哭了，「媽媽吹吹就不癢了。」
第二天筱惠請了假，早上帶牠去給獸醫診治，下午也在家陪著牠。

因為心裡還深埋著小黃離去時的痛苦記憶，所以我很努力控制情感，
不斷提醒自己米克只是寵物，決不能把牠視為親人。
但當我對米克自稱「爸爸」時，才驚覺這是一條不歸路，我回不去了。
我無法再單純扮演主人的角色，因為米克早已成為我的親人。
米克不知不覺間進入我和筱惠的生活，牠是家裡的一分子，無法排除。

狗長到一歲多，就是成犬。米克也不例外。
由體型看來，米克是中型犬，體重約15公斤。
但即使米克已是成犬，牠仍然保有獅子座的活潑好動本性。
平時我會陪牠在陽台追逐、拔河、丟棍子、還有空中接球。
拔河是牠的最愛，牠咬住舊衣服一端、我抓住另一端，互不相讓。
偶爾我會帶牠到公園遛遛，當牠知道要出門時，總是興奮地又叫又跳。
如果狗的世界裡也有樂透，那麼米克的反應就像中了樂透頭獎。

可惜這城市對狗並不友善，很多公園禁止狗進入。
《精武門》裡，上海租界內的公園掛著「狗與華人不得進入」的牌子。
李小龍看到後，很氣憤地一腳踢掉。

「米克。」筱惠也很生氣,「咬掉牌子,告訴他們你不是東亞病夫。」

我只好騎機車載著筱惠和米克,到20分鐘車程外的公園。

米克坐在機車上時,前腳會抓住機車手把,昂頭挺胸,意氣風發得很。

我常說牠是驕傲的狗。

但即使在不禁止狗進入的公園內,我們牽著米克散步時,也會遭白眼。

「真不知道為什麼會有人那麼討厭狗?」筱惠皺起眉頭。

我不禁笑了起來。

「你笑什麼?」

『妳以前也跟他們一樣。』我又笑了笑,『別介意了,我們散步吧。』

米克不是寵物犬,牠具有現代很多寵物犬已失去的看家和護主的本能。

只要有任何風吹草動,米克總是立刻跑到門邊警戒,甚至會低吼。

我和筱惠白天都得上班,但我們不再擔心家裡遭小偷。

因為我們打從心底相信米克,牠比最先進的保全系統還值得信賴。

有個假日下午米克拚命朝樓下猛吠,怎麼阻止牠都沒用,我很納悶。

隔天才知道住樓下的房東,家裡被闖空門。

朋友們來家裡作客時,米克總是很凶,我得緊緊抱住牠以免牠咬人。

由於米克是長毛犬,毛茸茸的很可愛,又有雙看似無辜的眼睛,

朋友們總想趁我不注意時偷偷摸牠一下,於是慘劇偶爾會發生。

例如筱惠的同事便被米克咬了一口,送去急診室縫了三針。

有次我和筱惠帶著米克坐在庭園咖啡店時,有位婦人擦撞到我們桌角。

米克立刻衝上前咬了婦人左腿，她當時穿著牛仔褲，牛仔褲竟被咬破。
事後我連聲道歉，也陪著那位婦人連續三天到醫院治療和檢查。

自從養了米克後，我和筱惠就沒辦法去度那種要過夜的假。
因為只要我們當中有一個人還沒回家，米克就會一直在門邊趴著，
靜靜等著我或筱惠回家。
雖然有所謂的寵物旅館，但筱惠不想讓牠在陌生地方的鐵籠內過夜，
寧可放棄度假。因此米克間接幫了我們省下一些錢。

碰到農曆春節時，筱惠得回她老家過年，我只好帶米克回我老家過年。
我媽因為曾養過小黃，所以很想親近米克，但米克根本不理她。
在我不斷勸說與我媽的努力下，過了幾天後牠才勉強讓我媽餵食。
年假過完後，米克第一眼看到筱惠時，總是歇斯底里地叫個不停。
好像分別幾十年的親人突然重逢一樣。

關於未來，已經不只是我和筱惠的事，米克也包含在內。
從28歲那年開始，我總共參加一年一度的高考二級考試三次。
第一年平均分數差了5分，第二年平均分數只差1分。
差1分其實也不算是只差一點點，因為差距在1分內就可上榜的人，
大概可以從我家樓下排到巷口的7-11。
原以為第三年應該可以考上，但結果差了1.5分，反而退步。
第三次落榜那天，是我30歲那年年底，我即將邁入31歲。
30歲快過完了，我仍然一事無成，連個穩定的工作也沒有。

第二章

我的心情很糟，但不想讓筱惠察覺以免她擔心，
便告訴她我想一個人帶著米克出去走走。
我騎著車載著米克到很遠的公園，然後在那個陌生的公園走了一圈。
找了張椅子坐下後，開始思考著未來在哪裡？
繼續考下去？還是放棄高考，另外找個穩定工作？
『米克。』我低下頭看著牠，『你覺得呢？』
米克抬頭看著我，沒出聲音，只是坐在原地靜靜陪著我。

我大約坐了一個小時才離開公園，再騎車載米克回家。
「了不起不當公務員而已，不必太難過。」我一進門，筱惠便開口。
『妳知道了？』
「你只有在心情很差的時候，才會丟下我，一個人帶著米克出門。」
『抱歉。』
「其實你落榜了，我反而很開心呢。」
『啊？』我很驚訝。

「你知道嗎？」筱惠說，「公務員如果貪污，罪會很重。」
『我當然知道。』我很納悶，『可是這和我落榜有關嗎？』
「如果你考上公務員，你可能會犯貪污罪。」
『胡說。』我很篤定，『我不可能貪污。』
「你自己當然不可能。」她說，「但為了我，你可能會貪污。」
『妳把我當吳三桂嗎？』

筱惠笑了笑，走到我身旁，直視著我。然後說：

「萬一將來我得了一種很嚴重或是很奇怪的病，需要花幾百萬元治療。

　如果你那時是公務員，你一定會想辦法貪污幾百萬讓我治病吧？」

『這……』我一時語塞。

「但我寧可死去也不願看到你為了我而犯法。」她笑了笑，

「所以你沒考上公務員最好，這樣我就不必擔心了。」

雖然筱惠舉的例子很無厘頭，但我知道她的用意只是為了安慰我。

『我……』我突然覺得心有點酸，『我很抱歉。』

「不用抱歉呀。」她說，「只要你娶我就好了。」

『我會的。』

「我要你完整地說。」

『筱惠。我會娶妳。』

「好呀。」筱惠笑得很開心。

我辭去大學裡的工作，反正研究助理的工作性質既不穩定也做不長。

而且我老闆明年就從學校退休了，他一退休我還是照樣失業。

我積極找新工作，也向以前的同學打聽哪裡有缺？

很幸運的，31歲那年新春，我進入了一家頗具規模的工程顧問公司。

這公司的營運一直很好，制度很健全，待遇也比一般公司高。

我相信只要肯努力，這工作可以持續做下去，一直到退休。

新工作做滿半年後，一切都很穩定，應該可以準備成家了。

米克這時候剛滿3歲，毛越來越長甚至會完全蓋住眼睛。

雖然牠看起來滿臉大鬍子好像很老，但其實牠正值青年時期。

洗澡時還好，但吹乾就是大工程了，筱惠得用吹風機吹一個半小時。

也因為這樣，自從米克變為成犬以來，筱惠已弄壞了三台吹風機。

每當帶牠出去散步時，我都會懷疑牠是否看得見路？

也常碰見看不下去的歐巴桑說：「你嘛好心一點，幫狗剪個毛吧！」

但我們找了幾家寵物美容店，米克都被列為拒絕往來戶。

米克太凶了，根本沒有人可以靠近牠幫牠剪毛，甚至還有人被牠咬傷。

後來經由朋友推薦，終於找到一個極具愛心又不怕死的寵物美容師。

她養了五條狗，深諳狗性，懂得以朋友而非駕馭者的角色去接近米克。

她似乎很有一套，戴上口罩的米克會勉強讓她修剪毛，也會讓她洗澡。

筱惠也因而輕鬆不少，幫米克洗澡的工作偶爾可以讓別人分擔。

31歲那年秋天的某個夜晚，我和筱惠在陽台看夜景，米克趴在身旁。

那晚的天氣十分涼爽，夜空中甚至出現難得的星星。

『米克。』我低下頭說，『你贊不贊成爸爸跟媽媽結婚？』

米克突然直起身，前腳抓住我大腿，拚命搖晃尾巴。

「米克贊成了。」筱惠笑說。

『不，米克非常反對。不然牠幹嘛搖尾巴？』我說，

『這跟人類用搖頭表示反對是同樣意思。』

「喂。」筱惠突然很正經，「我生氣了。」

『抱歉。』我陪個笑臉,『妳說的對,米克確實贊成了。』

「那你該怎麼說?」

『嫁給我吧。』

「我要你完整地說。」

『筱惠。』我牽起她的手,左膝跪地,『請妳嫁給我吧。』

「嗯。」筱惠點了點頭,笑了笑,但眼眶有些潮濕。

我們打算明年開春就結婚,也計畫買個房子,組個新家庭。

我和筱惠的老家都不富裕,可能沒有多餘的錢贊助我們買房子,

而且我們也不想向家裡要錢,畢竟都30幾歲了,怎能再跟家裡伸手?

我們看中一間屋齡12年的公寓房子,兩房一廳,室內約20坪。

雖然房子又舊又小,但房價較便宜、周圍環境也還可以。

而且還有一個重要原因 —— 附近有座不禁止狗進入的公園。

這幾年省吃儉用下來,我和筱惠都有些積蓄,加起來應該夠付頭期款。

剩下還有七成的銀行貸款,下半輩子再繼續做牛做馬慢慢還。

然而在年底時,我上班公司所在的大樓竟然發生火災。

起火點在15樓,公司在17樓,火勢向上延燒,整間公司付之一炬。

幸好火災是在假日期間發生,因而並沒有造成公司任何人員傷亡。

公司短期內無法營運,便給了員工一筆資遣金,請他們另謀高就。

於是我這好不容易找到的穩定工作,又沒了。

而距離預定的婚期,只剩兩個多月。

結婚是件大事，不只牽扯到兩個人，也牽扯到兩個家族。

關於婚前的提親、婚紗、寄發喜帖等，結婚當天的婚宴、儀式等，

需要煩心的事情既多又雜，而且得事先規劃處理，也得花不少錢。

但我當務之急卻是再找新的工作，而我的錢也幾乎全投進新房子了。

腦袋突然裝進太多亟需解決的問題，都快炸裂了。

「一切從簡吧。」筱惠說。

『理論上結婚一生才一次，要很慎重。』我說。

「要慎重的是結婚的心態，不是結婚的過程。」

『什麼心態？』

「你考慮清楚要走入婚姻嗎？」她沒回答，反而接著問：「你知道將來
　必須對伴侶永遠忠誠嗎？你瞭解組一個家庭所需擔負的責任嗎？」

『我當然已經考慮清楚，也很明確知道自己的責任和義務。』

「這樣就夠慎重了呀。」她笑了笑，「至於結婚的過程，簡單就好。」

筱惠說服了我，我們便決定去法院辦理手續簡單的公證結婚，

一個月後在我老家補請婚宴。

至於婚紗攝影，筱惠挑了一家很便宜的公司，而且是拍最便宜的那種。

我們還讓米克入鏡，然後選了張米克站中間、我和筱惠彎著身子分站

左右的照片來放大並加框，打算將來掛在新房子的臥室牆上。

『蜜月旅行妳想去哪？』我問。

「去東部就好了。」

『開什麼玩笑？』我嚇了一跳，『至少是得坐飛機離開台灣的地方。』
「那就澎湖吧。」她說，「澎湖也可以坐飛機去呀。」
這點我堅決反對，我讓她選日本或韓國，但她要更近更便宜的地方。
最後我們各退一步，就到香港度蜜月，四天三夜。
而且還是旅行社正促銷的優惠方案。

新工作方面也有進展，有個大學同學因為要離開這城市回老家工作，
便向他老闆推薦我頂替他的缺。那位老闆約了我面談後，決定用我。
我上班一星期後，發覺這裡的工作量較大，而且待遇偏低。
不過我也沒什麼好挑剔的，好不容易有了新工作，要認真做才是王道。
新房子的過戶手續也辦好了，我和筱惠打算公證結婚後就搬進去。

距離公證結婚還有一個禮拜，我突然想到還得買一只戒指。
筱惠很體諒我，處處幫我省錢，無論如何在戒指方面我絕不能寒酸。
我想買一只鑽戒，但現實的情況是，我的口袋和存摺都空了。

跟家裡借錢嗎？不好。
買房子都沒開口跟家裡要錢了，何況只是買一只鑽戒。
而且家人如果知道我連買鑽戒的錢都沒有，會很擔心我的經濟狀況。
找銀行預借現金嗎？也不好。
萬一養成向銀行預借現金的習慣，以後很容易會變成卡債族。

我又騎車載米克到很遠的公園，絞盡腦汁思考錢從哪裡來？

即使是便宜一點的鑽戒，少說也得兩萬多塊吧。

如果把機車賣了，了不起也才一萬塊，而且筱惠馬上就知道了。

當她知道我把機車賣掉籌錢去買鑽戒的話，一定會很生氣。

看來只好跟朋友開口借錢了。

但是我臉皮薄，開這種口很艱難，而且也會讓朋友為難。

『米克。』我低下頭看著牠，『你覺得跟朋友借錢好嗎？』

米克沒出聲音，只是抬頭看了我一眼，吐了吐舌頭。

我猛然用力打了一下自己的頭，覺得我實在太過分了。

筱惠都可以委屈自己、處處替我設想，為什麼我不能像她一樣？

為了筱惠，即使赴湯蹈火也不該皺眉頭，何況只是向朋友開口而已。

決定了，就跟朋友借錢吧。

「喂。」我一進家門，筱惠便說：「你又一個人帶米克出門了。」

『抱歉。』我說，『我只是想一個人安靜地思考一些事情而已。』

「你在想什麼事？」

『不是什麼大不了的事。』我笑了笑，『而且我已經想通了。』

「到底是什麼事？」

『我只是在想公證結婚那天要穿什麼而已。』我趕緊編了個理由。

筱惠似乎不信，從頭到腳打量著我全身。

「你知道嗎？」她突然說，「我一直想不通一件事。」

『什麼事？』

「電影或電視裡，常出現男生偷偷買戒指給女生並向她求婚，然後
　女生總是又驚又喜的情節。」她頓了頓，「我覺得這是騙人的。」

『為什麼是騙人？』

「你曉得我手指的尺寸嗎？我左手的無名指該戴多大的戒指？」

我完全答不出來，而且她提到戒指時也讓我嚇了一跳。

「對嘛。」她說，「戒指的尺寸很細，通常得親自去試才知道合不合。
　男生根本不知道女生手指頭大小，又怎麼知道該買多大的戒指？」

『好像有道理。』

「但電影或電視裡的女生看到戒指後總是喜極而泣，然後讓他將戒指
　套進她手指，而戒指也會剛好。你不覺得這是天大的謊言嗎？」

『他可以事先帶她去量手指尺寸啊。』

「笨蛋。」筱惠笑罵，「這樣還能叫驚喜嗎？」

『喔。』我應了一聲。

「既然這種浪漫情節是謊言，我們就不該被騙，更不該仿效。」

『嗯。』我有點心虛，『妳為什麼突然說這些？』

「你是不是想偷偷買戒指給我？」

『啊？』我大吃一驚以致結巴，『哪……哪有。』

「你少騙我了。」她問，「還有，你身上沒錢了，你怎麼買給我？」

『妳怎麼知道我沒錢了？』我又吃了一驚，而且這一驚非同小可。

「拜託！我是你老婆耶！」筱惠笑了起來，「如果連老公身上有多少錢都不知道，那我下半輩子還混什麼。」

我覺得很尷尬，不禁滿臉通紅。

「說吧。」筱惠淡淡笑了笑，「你哪來的錢買戒指給我？」

『我……』我頓了頓，『我打算跟朋友開口借錢。』

「跟朋友借不如跟我借。」她拍了拍胸口，「我還有錢，明天我們一起去挑戒指吧。」

『這……』

「先說好，我不喜歡鑽石，所以別買鑽戒。」

『妳不喜歡鑽石？』我很納悶。

「聽說很多鑽石背後沾了非洲人民的血，所以才會叫血鑽石。」她說，「如果結婚時戴鑽戒，婚姻也許會不幸呢。」

『胡說。』

「總之我們買簡單的金戒指就好。」

『可是……』我吞吞吐吐，『可是我想買鑽戒給妳，因為……』

「我問你。」筱惠打斷我，「你是真心想娶我嗎？」

『嗯。』我點點頭。

「你從什麼時候開始有了想娶我的念頭？」

『退伍那天，見到妳的那一刻開始。』

「你以後會不會變心？」

『不會。』我搖搖頭。

「你會永遠真心待我嗎？」

『嗯。』我又點點頭。

「鑽石太堅硬了，我不要。」筱惠雙手環抱著我的腰，臉貼住我胸膛，

「我只要你這顆柔軟的心。」

我感動到無以復加，也張開雙臂緊緊抱住她。

所謂的幸福，大概就是這麼一回事吧。

米克突然叫了一聲，驚醒了我和筱惠。

「米克來。」她朝米克招了招手，「媽媽抱抱。」

米克直起身，前腳搭著她的腰，她彎下身左手摟著米克，右手抱著我。

我也彎下身騰出右手摟著米克，左手依然抱著筱惠。

「我們三個一定會很幸福的。」筱惠笑了，很開心的樣子。

隔天我們到銀樓買了一只金戒指，才花了兩千多塊。

這只金戒指的樣式很簡單，不過是單純的圓，沒任何裝飾和圖樣。

筱惠說這只金戒指很像電影《魔戒》中那只充滿神奇力量的魔戒，

兩者都是單純的圓，只不過魔戒上面多刻了一些文字而已。

「也許威力越強的戒指，造型越簡單。」她把玩著那只金戒指，笑說：

「戴上它後，搞不好會有一股神奇的力量幫助我們白頭偕老呢。」

32歲那年3月，我和筱惠到法院辦了公證結婚。

結婚後三天，我、筱惠和米克搬進了屬於我們三個的新房子。

前任屋主據說移民到加拿大了，因此電器和傢俱都沒搬走。

這些電器和傢俱雖然有點老舊，但還堪用，我們便留了下來。

等將來有錢後再一樣一樣換新。

搬過來的東西大致整理完後，我和筱惠就帶著米克到附近公園走走。

牠似乎對這座公園有極大的興趣，我一直被牠拉著跑，筱惠在後面追。

看來米克很喜歡這裡，搬來這裡真是搬對了。

蜜月旅行前夕，我和筱惠把行李裝進一個很大的行李箱。

照理說度蜜月應該是很快樂的事，但我們整理行李時卻有些不安。

這種不安似乎感染了米克，牠一直繞著行李箱來回走動。

自從養了米克3年半以來，每個夜晚我和筱惠起碼會有一個陪牠過夜。

如今米克即將要獨處三個夜晚，因此我們的心裡都很不安。

出發前一天，我跟朋友借了車，打算先送米克回老家，隔天再去機場。

我老家在南部，而且我們是從高雄小港機場出發到香港，所以順路。

我開車上了高速公路，筱惠在後座安撫似乎有些不安的米克。

『護照、機票確定都帶了吧？』我問。

「嗯。」筱惠笑說，「也記得帶了米克。」

『我們再想想看，是否還有什麼東西忘了帶？』

「呀！」筱惠突然叫了一聲，「忘記帶行李箱了！」

我差點緊急煞車。

新家在四樓，開車出發前我先將行李箱搬到公寓一樓鐵門邊，

沒想到竟然忘了搬上車。

我趕緊下了交流道，在路上迴轉後，再上高速公路往回走。

當看到行李箱還好端端的放在一樓鐵門邊時，我和筱惠同時放聲大笑。

這件只記得帶米克卻忘了帶行李箱的糗事，被朋友們嘲笑了好多年。

我把行李箱搬上車後，再重新開上高速公路回老家過夜。

隔天天色才濛濛亮，我和筱惠便像小偷似的輕輕打開大門準備離去。

米克發現後衝了過來，我趕緊將門關上，牠只能隔著門吠叫。

米克吠了幾聲後，沒聽見我們的回應，便開始發出嗚嗚聲。

筱惠很心疼，不斷在門邊說：「米克乖，媽媽很快就回來了。」

「你們趕快走吧。」被米克吵醒的媽媽說，「別誤了飛機航班。」

不知道別的夫妻蜜月的第一晚會如何度過，我想一定浪漫到無盡頭。

也許女生會穿上糖果內衣或巧克力內褲等。

「米克現在不知道怎麼樣了？」筱惠問。

『應該還好吧。』我說。

「你也不確定嗎？」

『嗯。』我說，『不過我媽一定會好好照顧牠。』

結果我們蜜月的第一晚，卻是在擔心米克是否安好的氣氛下度過。

從香港度完蜜月回台灣，才剛回到老家門口，便聽見米克在門邊狂吠。
媽媽開了門，米克火速衝出來先撲到筱惠身上，連續撲了三次後，
再轉身撲向我，嘴裡一直叫個不停。
米克的叫聲很有喜極而泣的味道，我猜想牠可能原以為被遺棄了。
媽媽說米克這幾天幾乎沒吃，整晚守在門邊，連續三晚都是。
「米克。」筱惠蹲下身緊緊抱住米克，「媽媽不會再丟下你了。」

蜜月旅行結束後，我們三個開始進入新的生活軌道。
客廳的落地窗外有小陽台，擺了洗衣機，也在那裡曬衣服。
主臥還算寬敞，窗外有窗台，我們在窗台上種了盆金桔圖個吉利。
主臥牆上沒什麼裝飾，只掛著那張米克也入鏡的結婚照。
另一個小房間當成我的工作室，裡面擺了電腦和周邊設備。

晚上米克睡在我們床邊，至於是哪一邊就很隨機了。
但如果牠睡前躺在我這邊，早上就會躺在筱惠那邊；
反之睡前如果在她那邊，早上就會在我這邊。
米克偶爾會說夢話，睡夢中會哼哼啊啊亂叫，我懷疑是夢到貓。

每天早上要出門上班時，米克會走到門邊看著我坐下來穿好皮鞋。
「爸爸要上班了。」我穿好鞋，摸摸牠的頭，「米克要好好看家喔。」

然後米克目送我站起身，開門離去。

下班回家時米克就激動多了，我剛爬上四樓就會聽見牠的叫聲。
我一進門，牠咬起我的室內拖鞋就跑，我脫下皮鞋後便開始追牠。
我得和米克在房子內追逐幾分鐘牠才會停下來，然後牠咬著拖鞋頭、
我抓著拖鞋尾，再互相拉扯一分鐘。
最後我才慢慢掰開牠的嘴，把拖鞋拿出來穿上。
這過程包含了牠最愛玩的遊戲 —— 拔河和追逐。

搬進這裡後筱惠發明了一項可以跟米克玩的新遊戲。
她會先向我使眼色，我收到暗號後趁米克不注意時躲起來。
「米克。爸爸呢？爸爸在哪裡？」筱惠假裝很驚慌，「快去找爸爸。」
牠便會焦急的在屋子裡四處又嗅又找，一旦發現我後便撲向我，
然後再跑回筱惠身邊搖尾巴。
有時是筱惠躲起來，我叫米克去找媽媽。米克的動作順序還是一樣。
筱惠說這叫捉迷藏，不管玩了多少次，米克每次總是很認真找。

除了出門散步時得用繩子拴住牠以便牽著牠外，我們從沒拴住米克，
更別提用籠子之類的東西關著牠。
牠是家裡的一分子，牠愛待哪就待哪，想睡哪就睡哪。
但如果有工人來家裡裝修時，我得先將牠關進小房間，以免牠傷人。
米克會狂吠而且前腳不斷抓著房門弄出很大的聲響，房門布滿了爪痕。
「你們的狗好凶。」工人要離去時似乎心有餘悸。

朋友如果來家裡作客時就不能把米克關進小房間了，不然會很吵。
我只好把米克緊緊抱住，不斷說：『米克乖，這是爸爸的朋友。』
過了十分鐘左右，如果米克停止低吼，我便會試著慢慢放開牠。
在我隨時保持警戒下，米克會走近朋友身邊嗅一嗅，再走回我身邊。
朋友只要來過兩次，第三次再來家裡時我便不必再抱住米克。
牠只會走到朋友腳邊嗅了嗅，有時還會搖搖尾巴。
但朋友不管來過多少次，我都會叮嚀他們千萬別摸米克。

由於住的是公寓，同一層樓裡還有其他三戶。
每當同一層樓的鄰居經過我家大門前時，米克總會衝到門邊，
俯下身朝著門縫，隱隱發出低吼聲表示警告。
還好這時米克不會神經質似的狂吠，不然鄰居抗議的話我就傷腦筋了。
有次在門外碰見隔壁的男主人，他說他經過我家大門時總會繞個圈。
我只能跟他說抱歉，家裡的狗太凶，希望不會對他造成困擾。
「沒關係。」他笑了，「倒是我太太很羨慕這種天然的保全系統。」

附近的公園只要走3分鐘，因此我和筱惠幾乎每天都會帶米克去公園。
如果那天我們很忙或很累以致沒帶牠去公園時，牠便會一直望著我，
嘴裡還發出細微的嗚嗚聲。
後來只好天天都帶牠去公園，風雨無阻，即使是颱風夜也一樣。

刮颱風的夜裡，我會讓筱惠待在家，然後我一個人帶米克去公園。
我穿著雨衣、左手撐傘（傘用來幫牠遮雨）、右手牽著米克，

頂著狂風暴雨在公園裡散步。

說是散步，其實是狼狽地搖搖晃晃行進。

在這樣的風雨中，傘根本無法完全遮雨，米克總是淋得全身濕透。

但即使全身濕透，也絲毫不減米克逛公園的興致。

由於這公園不拒絕狗進入，因此很多養狗的人會來這裡遛狗，

也常聚在一起聊聊養狗經，但我和筱惠通常不會加入。

一來他們養的是血統純正的名犬，而米克是mix；

二來我怕米克萬一咬傷了他們的狗，我會賠不起。

我們一家三口只是單純來公園散步而已，沒有養狗經可聊。

也許是因為來這公園的狗大多是各式各樣具純正血統的名犬，

所以米克這隻混種狗反而特別。

「這是什麼血統的狗？」他們通常好奇地問，像是發現新大陸。

『只是混的。』我總是這麼回答。

「喔。」他們應了一聲，語氣有些失望。

米克只是混種狗，牠的爸爸和媽媽也只是在這城市混口飯吃的人。

摻雜兩種毛色而且頭髮又長又亂又捲的米克，在公園裡還滿有名的。

人們似乎覺得牠很可愛，總會停下腳步多看牠幾眼。

「這隻狗的長相還滿性格的。」他們總笑著對我說。

不過後來發生一白戰三黑的事件，大家印象改觀，開始有點敬畏牠。

公園裡有三隻黑色的流浪狗，平時總是在公園裡閒晃和覓食。
有次其中一隻黑狗主動靠近並挑釁米克，我不想多生事端，
拉著米克走開，但黑狗緊跟在後，不斷朝米克狂吠。
突然間黑狗發動攻擊，我急忙抱起米克跑開，但黑狗依然緊追不捨，
黑狗前腳甚至搭上我褲腰帶以便攻擊米克。筱惠嚇壞了，尖叫起來。
米克則發出怒吼，滿臉猙獰、露出利牙。
我忍無可忍、退無可退，解開拴住米克的繩子，把米克放下。

米克撲上去與黑狗廝打，不到兩回合，黑狗便發出哀叫聲，
然後夾著尾巴逃走，米克追了二十公尺遠。
沒多久那隻黑狗竟夥同其餘兩隻黑狗衝向米克，我大驚失色，
抄起隨身攜帶幫米克清理大便的小鏟子，衝上前準備加入戰局。
但我還沒大顯身手，米克即大獲全勝，三隻黑狗落荒而逃。
這一仗雖不像三英戰呂布般精彩，但一白戰三黑卻在公園內流傳。
「那就是那隻很凶的狗。」他們在我背後小聲說。

不過米克很受小孩子歡迎，我想可能是因為牠的招牌動作吧。
米克常會坐直身子，伸出右前腳或左前腳往空中抓啊抓。
這動作很像日本招財貓的典型姿勢，我個人覺得有失狗格。
小孩子們常會主動靠近想摸摸米克，我總是很緊張地阻止。
偶爾有白目的小孩以迅雷不及掩耳的速度偷摸了米克一把，
米克雖然不高興，但並沒有吠出聲，更沒有想咬人的意圖。
我覺得米克似乎成熟了不少。

米克逐漸步入中年，是該成熟了。

結了婚的我也一樣，得更成熟才能承擔更多責任。

我已經有房貸的壓力，將來也可能有小孩，我得更努力工作存錢。

可是我一直覺得薪水偏低，調薪的速度又慢，我只能更節省開支。

筱惠也很節儉，有時我想幫她買件新衣服、耳環或包包之類的，

她總會笑說她已經是歐巴桑了，沒人要了，不需要再打扮了。

對我們而言，週末晚上出門找家餐廳，然後坐下來好好吃頓飯，

就是最大的花費。

結婚滿兩年，也就是我34歲、米克5歲半的那年春天，筱惠懷孕了。

第一次產檢照超音波時，醫生說螢幕上一閃一閃的亮點就是胎兒心跳。

好像夜空中最明亮的星星啊，我和筱惠都這麼覺得。

我們常仔細瞧著那張黑白超音波照片，雖然胎兒只有花生米般大小，

根本看不出什麼名堂；但我們只要看著照片，就有種莫名的幸福感。

「米克。」筱惠指著照片，「這是你的弟弟或妹妹哦。」

米克嗅了嗅那張照片，抬起頭看著筱惠，吐出舌頭像是在微笑。

在台灣，女性34歲懷孕就算高齡產婦，所以筱惠剛好算是高齡產婦。

我們很小心，上下樓梯時我都會牽著她的手，在公園散步時也是。

第二次產檢時，醫生剛照完超音波，便淡淡地說：

「胎兒不健康，我建議刮除。這是很簡單的小手術。」

我和筱惠一聽便傻了，面面相覷，說不出話。

『不管多麼不健康……』過了一會，我終於開口，『我都會撫養他。』

「抱歉,我剛剛沒表達清楚。」醫生看了我一眼,「胚胎停止發育了,
　沒多久便會排出母體。為避免排不乾淨,我才建議動手術刮除。」
我和筱惠無法做決定,因為我們還抱著胎兒可能會再長大的微薄可能。
醫生要我們回去考慮,再約時間進行刮除手術。
如果這期間內胎兒排出母體,可能會伴隨大量的血,要我們別驚慌。

走出醫院,我覺得陽光好刺眼,眼睛根本睜不開。
我和筱惠一路上只說中午吃什麼之類的話,沒提到胎兒。
「剛剛你跟醫生說,不管胎兒健不健康,你都會撫養他。」
一回到家,筱惠笑了笑,說:「我很感動呢。」
『我可能只是一時衝動吧。』我勉強擠出微笑。

電話響了,筱惠接聽。應該是筱惠的媽媽打來詢問產檢結果。
筱惠先跟她媽簡單聊了幾句,語氣很平淡,聽不出情緒反應。
「孩子……」筱惠突然哽咽,淚水迅速滑落,「醫生說孩子沒了。」
直到此時,我才開始有了痛覺,而且越來越痛。
米克似乎察覺到氣氛變得詭異,慢慢走近筱惠,筱惠低頭摸了摸牠。
然後她抱起米克,將臉埋進牠的身體。

一個禮拜後,果然如醫生所說,筱惠排出大量的血。
到了醫院檢查,醫生說排得很乾淨,不需要再動手術。
根據台灣的法律,懷孕二個月以上未滿三個月流產者,有一星期產假。
我讓筱惠好好休息一個禮拜,米克就由我負責帶去公園散步。

但有天我卻發現她瞞著我，偷偷帶著米克出門。

或許她跟我一樣，很難過又不想讓人擔心時，便會一個人帶米克出門。

我難過了一段時間，這段時間試著找待遇較高的新工作，但沒找著。

雖然工作的理由是為了養家餬口，但多少也有點專業的骨氣在裡頭。

我總是很敬業，把事情做到最好，有時會希望別人看到我的用心。

可惜在這份工作上我只能得到薪水，因此我做得不太開心。

每當覺得鬱悶時，我總會逗弄米克，藉著跟牠在地上翻滾嬉鬧，

我的心情也找到抒發的出口。

筱惠也因此常說我是長不大的小孩，都這麼大了還在地上跟狗玩。

「難怪你的衣服上都是米克的毛。」她說。

屋子裡到處是米克掉落的毛，牆角、桌腳和沙發底下也常出現毛團。

如果我穿深色襯衫，襯衫上會出現很多細細的條紋，那便是米克的毛。

我得拿出膠帶，把毛一根根黏掉。

35歲那年夏天，米克滿7歲，牠的中年時期應該快結束了。

但我感覺不出米克的變化，每天下班回家我跟牠追逐搶拖鞋時，

牠依然精力充沛，反倒是我開始覺得有些力不從心。

有天我在小房間內工作到深夜，終於忙完後走進臥室想睡覺時，

看到筱惠偷偷擦拭眼淚。我猜想或許她又想起流產的事。

『別難過了。』我拍拍她肩膀，『我們都還年輕，孩子再生就有了。』

「我不是因為這個而難過。」

『喔？』我很疑惑，『那妳為什麼難過？』

「我看到你的白頭髮了。」

『這個年紀出現幾根白頭髮很正常。』我笑了笑，『幫我拔掉吧。』

我低下頭想讓她幫我拔白頭髮，但她遲遲沒有動作。我只好抬起頭。

「剛認識你時，我們都是24歲，好年輕呢。」筱惠說，

「我從沒想過，有一天會看到你有白頭髮。」

『頭髮總會變白的，這就是歲月。』我說。

「你的壓力一定很大，需要煩心的事情也很多吧。」她看了看我，

「我很抱歉讓你這麼操勞，也很心疼你不再年輕了。」

『別胡思亂想。』我摸摸她頭髮，『睡吧，明天我們都還要上班。』

在擁擠的城市裡，大多數人都像螞蟻般渺小，為了生活只能勤奮工作。

我和筱惠也是兩隻螞蟻，只知道要努力。

這就是我們的生活，無關對與錯，反正日子總是要過，不要想太多。

36歲那年秋天剛到來時，筱惠又懷孕了。

有了上次的經驗，這次我們去產檢時更緊張了。

醫生說懷孕6週左右，就可檢測到胎兒的心跳，但筱惠已懷孕10週，

還是沒有檢測出胎兒的心跳。

「這次可能是胚胎萎縮。你們還是要有動刮除手術的心理準備。」

我和筱惠一語不發走出醫院。

我很努力想說些話來安慰筱惠，卻發現我根本說不出話來。

「聽朋友說，有人懷孕13週，胎兒才有心跳呢。」她打破沉默。

『真的嗎？』我看到一線希望，『那我們等等看吧。』

「嗯。」她笑了笑。

我突然發覺，我好像被筱惠安慰了，也好像正在等待奇蹟。

生命本身就是一種奇蹟，那麼當然可以在孕育生命的過程中期待奇蹟。

還沒等到奇蹟，意外卻先發生。

公司老闆涉嫌在某件招標案中賄賂承辦官員與審查案件的審查委員。

除了老闆外，公司大部分的員工也被調查員約談，我也不例外。

幾天後老闆被收押禁見，還好沒有任何一位員工被牽連。

不過員工們都很清楚，這公司是待不下去了，得趁早另謀出路。

於是我再度失業。

懷孕12週時，筱惠又排出大量的血，醫生還是說不需要再動手術。

「很幸運呢。」筱惠笑了，「兩次都排得很乾淨，省了手術費。」

『嗯。』我只能簡單應了一聲。

認識她十多年了，從我入伍那天在月台上竟然看見她的笑容開始，

我就知道她是個很逞強的女孩。對於這樣的筱惠，我只有更加不捨。

我想，我的白頭髮恐怕又要變多了吧。

這次筱惠仍然有一星期產假，反正我暫時不用上班，便租了輛車，

開車載筱惠和米克回老家，讓筱惠靜養身體。

回老家後，我一個人到小時候常去的廟裡拜拜。

手拿著香，跪在觀音菩薩面前，想開口祈求保佑，突然百感交集。

無緣的兩位孩兒、筱惠的身體、未來的工作，我不知道要先求什麼？

也不知道是否可以都求？

我說不出話，眼眶慢慢潮濕，然後眼前模糊一片，最後滑下兩行清淚。

『求菩薩保佑筱惠身體健康。感恩菩薩。感恩。』

我趕緊默唸完，磕了個頭，隨即起身以免被別人看見。

朋友勸我們考慮是否該棄養米克？因為狗是很會嫉妒的動物。

我和筱惠一向把米克當孩子般對待，米克便想獨佔我們的愛。

一旦發現即將有孩子誕生，牠可能不再被寵愛或必須跟別人分享愛，

於是狗靈作祟或是利用念力之類的能量，讓孩子不會誕生。

我知道朋友是好意，但我和筱惠對這種說法頗不以為然。

事實上在筱惠剛流產時，米克似乎能感受到空氣中的悲傷氣氛，

因此特別安靜與懂事。

牠會靜靜趴在筱惠腳邊，筱惠起身時牠也會起身，然後默默跟隨。

如果我忘了要帶牠去公園，牠也不會來提醒我，更不會發出嗚嗚聲。

米克的視線，只集中在筱惠一人身上。

「如果我們這輩子沒小孩，就把米克當成親生的小孩吧。」筱惠說。

『米克8歲多了，算是開始進入老年時期。』我頓了頓，說：

『狗的壽命最多只有十幾年，恐怕……』

「胡說！」筱惠突然很激動抱住米克，「米克會永遠陪在我們身邊。

　米克，你說對不對？對不對？」

米克搖了搖尾巴，輕輕舔著筱惠的臉頰。

『我說錯了，抱歉。』我說，『米克一定會永遠陪在我們身邊。』

幸好米克的存在安慰了筱惠，不然我非常擔心連續流產兩次的筱惠。

而我也可放心把筱惠交給米克，專心找新工作。

37歲那年春節剛結束，當了一個月的失業族後，我終於找到新工作。

這公司的規模小多了，應該會正派經營，因為沒有財力去做非法的事。

雖然待遇比前一個工作更少，但在現實社會中打滾多年，

我早已懂得不抱怨並且珍惜。

這時米克8歲半，似乎開始有了老化的跡象。

撲人的動作很少見了，大概只是把前腳搭在我或筱惠的腰上。

剛下班回家的追逐，牠開始改用小跑步，不像以前幾乎是全力奔跑。

由於家裡很小，以前牠奔跑時總是伴隨著跳躍，以便越過障礙物。

現在牠也不再跳躍了。

我懷疑現在的米克是否還有能力大戰三隻黑狗？

至於我，還未滿40歲，要說老還太早。

而且孩子還沒出生，說什麼我也得讓自己保持年輕。

新公司由於人手少，因此每個員工的工作量都算大，沒有涼快的缺。

不過當你嚐過失業的滋味後，會覺得可以抱怨工作量太大是種幸福。

38歲那年4月，筱惠第三次懷孕。

家裡附近剛好新開了間婦產科醫院，我和筱惠便決定換換手氣。

當醫生準備要照超音波時，筱惠緊張得全身發抖，雙手緊抓著我。

終於檢測出胎兒的心跳後，筱惠忍不住哭了出來。

「恭喜妳呀。」醫生是女性，似乎很能體會筱惠的心情，「這是喜事，
　應該開心才對。來，笑一個吧。」

「我之前已經連續流產兩次了。」筱惠說，「我很擔心。」

「現代婦女流產一、兩次還算常見。」女醫生說，「除非連續三次，
　才要注意是否習慣性流產，或是染色體異常。所以妳不用擔心。」

「可是我38歲了，是高齡產婦……」

「妳知道讓我產檢的媽媽有多少高齡產婦嗎？」女醫生笑了笑，「高齡
　產婦一樣可以生出健康活潑的寶寶。就像我，42歲時才生女兒呢。」

女醫生的話似乎完全掃除筱惠心中的陰霾，筱惠露出開心的笑容。

雖然有之前兩次的痛苦經驗，但我和筱惠都覺得這次胎兒會健康。

我們更小心了，我也常常提醒筱惠別太勞累。

隨著懷孕週數增加，筱惠臉上的笑容更滿足，也更幸福。

每次產檢時聽見胎兒心跳聲，我們都會覺得那是世界上最悅耳的聲音。

筱惠懷的是個男孩，當她看到超音波相片中的小雞雞時，總是笑開懷。
「米克。」筱惠笑了，「你快要有弟弟囉。」

懷孕6個月左右，筱惠的肚子已明顯隆起。
我幾乎不讓她做任何家事，米克也由我一個人帶去公園，不讓她去。
每當要帶米克去公園時，牠總習慣性走到筱惠身邊等她一起走。
「媽媽不去了。」筱惠揮揮手，「你跟爸爸出門就好。」
米克剛開始時是疑惑，後來漸漸變成失望。

有次米克直起身要將前腳搭在筱惠腰上撒嬌時，她突然尖叫著躲開。
米克嚇著了，低下頭不知所措。
我非常清楚筱惠保護胎兒的用心，但米克並不知道。
筱惠躲了幾次米克的撒嬌動作後，米克從此就不再對她撒嬌了。
牠似乎自覺做了件不可饒恕的事。

39歲那年1月中，筱惠的預產期到了，但並沒有分娩的徵兆。
胎兒已逼近4000公克，我很擔心筱惠的生產過程會不順利。
我們決定去醫院打針催生，打完催生針後20個小時，筱惠終於生了。
據說很多第一次當爸爸的人第一眼看見嬰兒時，會激動流淚。
但我第一眼看見嬰兒時，覺得終於解脫了，只想好好睡個覺。

我和筱惠打算各給一個字給孩子，組合成他的名字。

「我取的是『良』。」筱惠說,「希望這孩子像他父親一樣善良。」
『我給「平」。』我說,『希望他修平等心,懂得眾生平等的道理。』
所以我的孩子叫良平。

我擔心筱惠太累,便勸她辭掉工作,專心陪著良平成長。
「你瘋了嗎?」筱惠說,「我們不是有錢人呀。」
筱惠月薪三萬多,保母費一個月大約兩萬,如果筱惠去工作的話,
就得請個保母,那麼每個月家裡只會增加一萬多塊左右的收入。
『公司開始有業績獎金制度,我多做點事錢就會多一點。』我說,
『而且我也會接些案子在家裡做。算了算每個月應該可以多一萬塊。』
「可是……」
『妳放心,我一定不會讓妳和良平餓肚子。』我說,『一定不會。』
我說服了筱惠,但她說將來還是得看情況決定要不要再上班。

筱惠生完後在醫院附設的月子房坐月子,良平也留在醫院的嬰兒室。
良平是過敏體質,身上常出現疹子,醫生懷疑可能是異位性皮膚炎。
醫生交代家裡的環境要保持乾淨,避免灰塵和塵蟎等等過敏原。
「我們家裡有養狗。」筱惠問,「這會影響小孩嗎?」
「開什麼玩笑?」小兒科醫生說,「狗的皮屑和毛髮都是過敏原。」
筱惠一聽眉頭深鎖,她開始煩惱家裡四處飛散的狗毛該怎麼辦。

筱惠坐月子期間我變得很忙碌,白天得上班、下班後去醫院陪筱惠;
但我得回家睡。一來隔天還要上班,二來捨不得讓米克獨自在家。

不論白天還是晚上，米克總是趴在門邊靜靜等著筱惠回家。

即使我要帶米克去公園時，牠也不像以前那樣興奮，只是緩緩站起身。

從公園回來後，米克又趴在門邊。

以前都是筱惠餵米克吃飯，現在這工作得由我來做。

但我不像她會細心煮東西給米克吃，我只能在超市買些肉塊，

簡單水煮一下再餵米克。有時太忙，便乾脆在速食店買炸雞。

米克的食慾變差了，我得好說歹說勸牠吃飯，但牠常常只吃幾口後，

便又到門邊趴下。

米克10歲半了，已算是條老狗，而筱惠不在家的一個月內，

米克更加快速地衰老。

筱惠坐完月子那天，我把她和良平接回家。

門剛打開，只見米克興奮極了，歇斯底里地叫著，

而且許久未見的撲人動作竟然出現，牠直接撲向筱惠。

「別過來！」抱著良平的筱惠大叫一聲，同時側身閃避。

不知道是米克或是筱惠的叫聲驚醒了良平，他哇哇哭了起來。

米克楞住了，不再狂吠，低下頭眼睛朝上看著筱惠。

但筱惠沒理牠，抱著良平直接走進主臥。

筱惠發揮了母性本能，她很細心照顧這個得來不易的親生孩子。

她徹底清理了主臥，而且每兩天拖一遍屋子裡的地板。

嬰兒床在主臥，因此她要我在主臥門口裝活動隔板門，阻止米克進入。

米克剛開始發現無法進入主臥時，會在門口徘徊並發出嗚嗚聲。
幾天過後牠似乎接受了事實，不再發出嗚嗚聲，安靜趴在主臥門口。

當筱惠走出主臥時，米克總是亦步亦趨跟在她身後，偶爾搖搖尾巴。
但筱惠只會跟牠說些話，從不彎下身摸摸牠，更別說抱牠了。
米克的眼睛會一直看著筱惠，眼神很憂傷。
『妳摸摸米克吧。』我很不忍心看到牠的眼神，『洗手就好了。』
「如果我像以前一樣摸米克，萬一有天我忘了洗手怎麼辦？」
我無話可說，只好自己走過去摸摸米克，但牠依然注視著筱惠。
而筱惠只是提醒我要把手洗乾淨後才可以抱良平。

我能理解筱惠的難處，她用母奶哺育良平，有時抱在懷裡親餵，
有時得先用手擠出來放入奶瓶冷藏，再溫熱給良平喝。
她不想用手接觸米克，畢竟米克的身上都是過敏原。
筱惠也怕母奶內有過敏原，因此特別注意飲食與忌口。
她戒了最愛喝的咖啡，茶類飲品也不喝，海鮮類食物中只吃一點點魚。

每當良平在客廳時，米克便很想接近他，但筱惠總是揮揮手叫牠走開。
有次我抱著良平在客廳看電視，米克走近我，用鼻子嗅了嗅良平的臉。
「米克走開！」筱惠因緊張而大叫。
米克以為做錯事了，低頭走開幾步，然後趴在地上，眼睛看著筱惠。
『米克只是想親近良平而已。』我說。
「你希望良平身上又長出疹子嗎？」筱惠說完後，向我伸出雙手。

我沒回話，把良平交給她抱。

米克年紀越老，掉毛的速度越快。
即使每兩天拖一次地，地上還是偶爾可以看見狗毛。
朋友來家中作客時，雖然嘴裡不說，但我知道他們心裡有很大的問號。
好不容易有了孩子，怎麼會讓具有過敏體質的孩子跟一條又老又凶
又很會掉毛的狗住在一起呢？

「乾脆去把米克的毛剃光吧。」筱惠說。
『剃光？』我很驚訝，『跟以前一樣剪短就好了。』
「你希望家裡到處是這種東西嗎？」
筱惠從牆角撿起一小團毛球，將毛球湊近我眼前。

我帶著米克去找那位不怕死的寵物美容師，這些年來米克都讓她剪毛。
「把毛剃光？」她也很驚訝，「對長毛犬而言，毛是牠的自尊耶。」
『這我知道。』我很為難，『但小孩才幾個月大，又容易過敏……』
「我懂了。」她嘆口氣，「不然讓米克只留下1公分左右的毛？」
我猶豫了一下，決定違背筱惠的旨意，便點頭說好。
筱惠看見米克的毛並沒有完全剃光時很不高興，說：
「沒看過像你這種把狗看得比自己的小孩還重要的爸爸。」

米克更老了，每天早上目送我上班時，我總感覺牠沒睡飽，精神萎靡。

下班回家時，牠不再跟我追逐，咬了我拖鞋後，走了幾步便停下來。
跟我拔河的力道也弱了不少，我總是很輕鬆地取下拖鞋。
要帶米克去公園散步時，牠依然會走到筱惠身邊等她，
如果那時她在主臥，米克便在門外等她，動也不動。
我只能走到米克旁邊，用一點力道，拉著米克出門。
米克似乎已對公園失去興趣，以前總是很興奮地繞公園一圈，
現在則是走了直線距離30公尺後，便轉身走回家。
以前是又跑又跳，現在則是步履蹣跚。

但即使米克再老，牠看家和護主的本能始終存在。
只要有人經過我家大門，牠依然會到門邊朝著門縫，隱隱發出低吼聲。
偶爾筱惠推著嬰兒車帶良平去公園走走，我通常也會牽著米克一起去。
米克會打起精神走在前頭，而且不時回頭看著坐在嬰兒車上的良平。
如果迎面走來陌生的人或是狗，米克會保持警戒甚至低吼。

台灣人常說娶老婆前和生孩子後，運氣會很好。
我娶老婆前的運氣不好，那時公司被火燒光，我突然失業；
但我生孩子後的運氣真的很好。
良平出生後一星期，公司辦尾牙，我抽中最大獎 ——36吋液晶電視。
良平兩個月大時，我中了統一發票二獎，獎金四萬元。
良平五個月大時，我決定買輛車，方便日後帶著家人出門。
以前因為不能丟下米克，很少出遠門去玩，所以從沒想過要買車子。
這點還是得感謝米克，因為養車跟停車都是不小的費用。

由於經濟考量，我打算買中古車，便四處詢價比價。

剛好有個大學同學想把他那輛三年車齡的福特車賣掉，我立刻聯絡他。

他可算是我大學時代最要好的朋友，退伍後一直在同一家公司工作。

我問他為什麼要賣車？他說他打算換輛Benz或BMW。

『你混得這麼好？』我很驚訝。

「我有苦衷。」他很白目地笑，「因為當老闆了，不得不換好車啊。」

原來他老闆上個月突然中風，無法再工作，而老闆娘對公司狀況不熟。

他跟老闆十多年了，早已是老闆的左右手，熟知公司所有業務與運作。

老闆娘便請他繼續經營，因此他現在算是那公司的實際負責人。

「來我這裡上班吧。」他說，「我缺個人幫我經營，快忙不過來了。」

『我考慮一下吧。』

「考慮個屁！」他大叫，「不管你現在薪水多少，我直接加兩萬。」

『很阿莎力喔。』我說，『那車子你要賣多少？』

「我當然半賣半送。」他說，「算是報答你以前考試常罩我的恩情。」

我辭去工作，到他那裡上班，車子也辦好了過戶手續。

這公司雖小，但體質不錯，也很用心經營，業績穩定。

我除了有自己負責的工作外，他也讓我參與管理階層的工作。

自從勸筱惠不去上班後，我一直煩惱家裡減少的收入、良平的花費、

將來良平的學費等等，只能不斷想辦法增加收入，爆肝也無所謂。

但新工作的薪水大幅提高，年底還有分紅，我覺得我出運了。

雖然未來的變數還很大，但我相信日後的工作會很穩定，收入也足夠。

我39歲這年，終於當了父親，也找到理想的工作，我很滿足。

每當看著良平沉睡的臉，我都會有種莫名的幸福感。

我雖然不算有錢，但我很富有。

唯一的遺憾，就是米克已老態龍鍾。

良平七個月大時，米克已經11歲了，又老又病。

我帶著米克去看獸醫，因為牠走沒幾步便氣喘吁吁。

「這是心室肥大。」獸醫檢查完後，說：「但這還不是最嚴重的。」

『啊？』我吃了一驚，不禁看了看米克。

「牠的腎臟功能很差，再惡化下去，恐怕會腎衰竭。」獸醫說。

我開始餵米克吃藥，但米克很討厭吃藥，總是別過臉。

我得再將牠的臉轉正，半哄半強迫牠吃藥。

每當看見米克病懨懨，我總是很感慨也很難過。

「米克，你忘了你是獅子座的狗嗎？」我說，「要趕快好起來啊。」

米克看著我，眼神空洞，喘了起來。

良平八個月大時，開始在家裡四處亂爬，精力充沛。

他對米克很感興趣，總想爬近米克，而筱惠會大叫：米克走開！

有次米克趴在牆角睡覺，良平又興奮地爬向牠，眼看即將碰到牠。

「米克快走開！」筱惠驚慌大叫，人也迅速跑向米克。

米克搖搖晃晃起身，狼狽地爬開幾步，但良平轉了方向繼續朝牠前進，

牠只得拖著身體再勉強爬開，很吃力的樣子，也開始大口喘氣。

筱惠終於趕上，從地上一把抱起良平。

『妳別那麼緊張，這樣會嚇到米克。』我說。

「我怎麼會不緊張？」筱惠瞪了我一眼，「米克那麼凶，如果咬了良平怎麼辦。」

『米克會凶，是為了要保護妳，不是因為喜歡咬人。』我說。

「你……」筱惠指著我，「算了，不跟你說了。」

筱惠抱著良平走進主臥，米克即使喘著氣，眼睛依然望著筱惠。

這天我很忙，晚上一直待在小房間內工作。

11點半左右，發現米克在我腳邊坐直身體，仰頭看著我。

我低頭看著牠，覺得牠的眼神非常怪，我從未見過牠這種眼神。

自從筱惠坐完月子回家，米克的眼神總是顯得憂傷。

但此刻牠的眼神已經不只是憂傷，勉強形容的話，應該算是悲傷。

『米克乖。』我摸摸牠的頭，『爸爸很忙，你先去睡覺。』

米克依然坐直身體，動也不動，只是用悲傷的眼神看著我。

我心裡很難過，只能用左手摸摸牠的頭，右手繼續敲打鍵盤。

過了一會，覺得這樣工作有點吃力，左手便離開米克回到鍵盤。

這件案子很重要，我今晚一定要趕完，只能專心了。

終於忙完後已是凌晨1點，伸了伸懶腰後，看見米克竟然還在我腳邊。

『爸爸忙完了。』我又摸摸牠的頭,『我們都該去睡覺了。』

米克不動如山,仰頭看著我,眼神依舊悲傷。

又勸了牠幾句趕快去睡覺後,我便離開小房間走進主臥。

當我換好衣服準備上床睡覺時,透過隔板門縫隙看見米克坐直身體,

視線似乎朝向已入睡的筱惠。

我走到隔板門邊,低頭說:『媽媽睡了,你也快去睡覺。』

但米克沒看我,我終於確定牠是看著筱惠。

由於實在太累了,我只好回床上躺下,打算好好睡個覺。

凌晨3點左右,良平的哭聲吵醒了我,醒來後看見筱惠正哄著良平。

「你繼續睡。」她抱著良平在房間內走來走去,「我哄他睡覺。」

打算再度入睡時,竟然發現米克還坐在隔板門外,眼睛看著筱惠。

我下床去摸摸米克,但米克的視線依然只在筱惠身上。

『妳來摸摸米克吧。』我很不捨米克悲傷的眼神。

「都說了幾百遍我不能摸米克了。」她有些不耐煩,「而且你沒看見
　我正在忙嗎?」

『不然妳來跟米克說說話吧。』

「真是。」筱惠不太情願走到隔板門邊,「米克乖,快去睡。」

米克抬頭看著筱惠,但她話說完後便不再理牠,專心哄良平入睡。

我只好再回床上躺下。

隔天要出門上班時,米克竟然沒到門邊送我。

『米克。』我又叫了聲，『米克。』

米克沒出現，我很納悶。

雖然這是從來沒有過的現象，但我急著上班，也只好趕緊出門了。

這天很重要也很忙，下了班我還待在公司，10點半左右才回到家。

打開家門，米克又沒出現，只聽見良平的哭聲。

看了客廳和小房間一眼，都沒看見米克，我覺得很疑惑；

而良平還在哭，只好先進主臥看看良平怎麼了？

良平只是肚子餓而已，筱惠正準備餵他喝奶，我坐在床邊看著他們。

良平喝完奶後，在主臥地上亂爬，我跟他玩了一會後便去找米克。

打開小房間四處看了看，沒看見米克；走到客廳和陽台也沒看見牠。

除了主臥外，屋子裡我已找遍，都沒發現米克的蹤影，我更疑惑了。

米克不可能在主臥吧？

雖然明知不可能，但我還是走進主臥，米克果然也不在。

可能是我真的心急了，便趴在地板看了床底下一眼。

「咦？」筱惠很納悶，「你在找什麼呢？」

『沒什麼。』床底下空空如也，我頹然站起身。

站起身的同時，一眼看見牆上我、筱惠、米克的新婚合照，

米克那時好年輕啊，滿頭亂髮、瞇著眼睛、吐出舌頭，模樣很可愛；

而我和筱惠也笑得很燦爛，那是我們三個最幸福的時刻啊。

我又驚又急，走出主臥重新再找一次。
這次連客廳的沙發底下、廁所的馬桶內都找了，還是沒發現米克。
『米克。』我心裡很慌，『你在跟爸爸玩捉迷藏嗎？』

瞥了一眼陽台，米克該不會從陽台上跳下去吧？
我打亮陽台的燈，扶著牆往下看，下面黑漆漆的什麼也沒有。
我一定驚慌過頭了，牆這麼高，米克不可能跳過這道牆。
那麼米克到底在哪裡？

我又仔細看了看陽台，除了掛著晾乾的衣服，只有洗衣機。
洗衣機背面貼著後牆，右側對著我，左側離邊牆還有30公分縫隙。
那縫隙塞滿雜物，比方洗衣粉盒、臉盆、花盆、小水瓢、舊衣架等等。
我看見小水瓢掉在地面，便走上前彎腰撿起打算再把它塞進縫隙時，
隱約看見下面有一小截白白的東西。那是米克的尾巴嗎？
我急忙把縫隙中塞滿的雜物清出，發現米克的頭朝著牆，俯身趴著。
『米克……』我的聲音在發抖，『你怎麼會在這裡？』

我把米克抱出來，低頭看牠的臉，牠雙目緊閉、舌頭伸出。
我輕輕搖了搖牠，但牠完全沒反應，身體也變得僵硬。
米克死了。

主臥傳來良平的哭鬧聲和筱惠的安撫聲，筱惠正哄著良平入睡吧。
我緊緊抱著米克走回客廳，坐在沙發上，右手輕輕撫摸牠的身體。
突然悲從中來想放聲大哭，但只能壓低聲音，咬著下唇哭了起來。
眼淚源源不絕竄出眼角，止也止不住，我只能用手擦乾眼淚。
我一面擦眼淚、一面撫摸米克，沒多久米克的毛就濕透了。
但我還是拚命掉眼淚。

恍惚之間，我想起了小黃。
媽媽說小黃失蹤那天，她準備跨上腳踏車去菜市場買菜時，
發現小黃只是坐直身體看著她，絲毫沒有要動身的打算。
「小黃。」媽媽說，「要去買菜囉。」
媽媽催促了幾次，牠還是動也不動，只是仰頭看著她，眼神很怪異。
僵持五分鐘後，媽媽只得跨上腳踏車，往前騎了十幾公尺後回頭，
小黃依然坐在原地，雙眼直視著她。

媽媽說當她買完菜回家時，就找不到小黃了。
我們全家人找了三天，鄰居也問了，但都沒有人發現小黃的蹤影。
三天後爸爸跟朋友聊天時，朋友說他曾經聽過一種說法。
「狗知道自己將死時，會用眼神跟主人告別。然後在家裡找個最隱密
　的地方，一個人孤獨的等待死亡。」爸爸的朋友說。
「為什麼要找家裡最隱密的地方？」爸爸問。
「一來只剩最後一絲力氣無法走遠，二來希望死後還能守護這個家。
　但最重要的是，牠不想讓主人看見自己的屍體，以免主人傷心。」

爸爸恍然大悟，立刻衝回家，拿出手電筒直接鑽進地板下。
十分鐘後，渾身髒兮兮的爸爸抱出了小黃的屍體。
沒錯，地板下的空間是老家最隱密的地方，我們家人從不鑽進去。
小黃不希望媽媽看見牠的屍體以致傷心，所以躲進地板下孤單死去。

米克應該也是這樣想吧，才會用盡最後力氣鑽進洗衣機和牆壁間，
塞滿雜物的縫隙，並讓雜物完全覆蓋住自己的身體。
米克找到這個屋子中最隱密的地方，而且盡可能不讓自己被發現。

一想到米克的用心和昨晚米克的眼神，快止住的眼淚又流下來。
對主人而言，狗只是生命中某段歷程的一小部分，
那部分可以被取代，甚至可以遺棄。
但對狗而言，主人卻是生命的全部，無法取代，更無法遺棄。
即使到了生命的盡頭，心裡卻只惦記著不能讓主人傷心。

我聽見隔板門打開的聲音，趕緊擦乾眼淚，深呼吸幾次。
「你怎麼抱著米克呢？」筱惠似乎生氣了，「你待會得洗手和洗澡，
　而且還得換下這一身衣服。」
『抱歉，是我的錯，妳別生氣。』我強忍住眼淚，『我會洗手和洗澡，
　全身衣服也會換新。』
「那你還不趕快把米克放下，還抱著幹嘛。」
『反正都要洗手和洗澡了，再讓我多抱一下吧。』

「你怎麼了？」筱惠察覺出怪異，走到我面前。

『米克……』我突然哽咽，『米克死了。』

「你說什麼？」

『米克死了。』我的淚水再度滑落。

筱惠整個人呆住了，過了一會才清醒，彎下身從我懷中抱起米克。

『妳得餵良平，別抱米克。』

她沒理我，抱著米克坐在沙發另一端，低頭仔細看著米克。

「米克。」她撫摸米克全身，「別睡了。」

『米克已經……』我喉頭哽住，無法再說下去。

「米克。」筱惠沒理我，一面撫摸米克一面柔聲說：「媽媽好幾個月
　沒摸你了，你會生我的氣嗎？米克，對不起，媽媽故意對你冷淡，
　只是希望你不要靠近我，因為媽媽得保護良平。你知道的，良平會
　過敏呀，而你身上都是過敏原。但媽媽還是一樣愛你，從沒變過，
　你看媽媽還是一樣煮你最愛吃的東西。米克，是媽媽不好，是媽媽
　太壞了，你要原諒媽媽，媽媽只是……」

筱惠突然把米克緊緊抱在懷裡，終於哭了出來。

『良平才剛睡。』我說，『妳別哭了。』

「米克。」筱惠雖然壓低哭聲，但依然淚如泉湧，「米克。」

筱惠不再逞強，放肆地表達悲傷，把臉深深埋進米克的身體。

只見她的背部不斷抽搐，也聽見細細而朦朧的哭聲。

從我28歲那年9月開始，到我39歲這年9月為止，
整整陪伴我和筱惠11年的米克終於離我們而去。

米克的後事，我們拜託那位不怕死的寵物美容師幫忙。
米克的遺體被火化，骨灰裝進一個小小的骨灰罈裡，
放在一個專門安置寵物骨灰的地方。
「米克。」寵物美容師說，「安息吧。」
我和筱惠向她道謝，她說她是米克的朋友，當然要幫牠送行。

「在你身邊讓你珍愛的動物，可能是你前世的親人、朋友或是愛人，
　當牠陪你度過你這輩子最艱難的歲月後，便會離去。」她問：
「你們相信這種說法嗎？」
我陷入沉思，沒有回答。

「我相信。」抱著良平的筱惠說。
「依這種說法，米克已經功德圓滿。你們就別再傷心了。」
寵物美容師說完後，便跟我們道別。

我和筱惠站在米克的骨灰罈前，久久都不說話。
或許我們同時都回憶起這11年來，跟米克相處時的點點滴滴。
「良平。」筱惠牽起他的小手，「跟米克哥哥說再見。」
良平可能覺得好玩，便笑了起來，笑聲還頗宏亮。

『這輩子我們不要再養狗了。』我轉頭問筱惠，『好嗎？』
「嗯。」她點點頭。

開車回家的路上，筱惠輕拍良平的背哄他入睡。
透過後視鏡，我發現她正看著我，臉上浮現淡淡的笑容。
『怎麼了？』我問。
「如果我下輩子無法當人，我希望變成一條狗，陪在你身旁。」
『妳下輩子只想陪我十年嗎？』
「雖然只有十年。」筱惠說，「但卻是我全部且毫無保留的一生。」

我想，我下輩子應該還是會再養狗吧。

蝙蝠

死去的親人或愛人會化身成蝙蝠，
飛回家看他生前所掛念的人。

昨晚文賢開車載著我和小傑，從台北連夜趕回他南部的老家奔喪。
文賢的阿嬤上星期過世了，今天一大早在殯儀館舉行葬禮。
葬禮結束後，阿嬤的遺體被火化，骨灰安置在公家所建的靈骨塔中。
由於小傑才七個月大，家人擔心參加葬禮會對他有所沖煞，
因此讓我這個孫媳婦留在家裡照顧小傑。

經過一整天的忙碌，文賢跟家人們回家後便在樓下泡茶聊天。
我坐在二樓小房間的床上，抱著剛喝完奶的小傑，輕聲哄他入睡。
落地窗外的天色漸漸暗了，有別於擁擠城市入夜時分的喧囂，
這個小漁村在此刻顯得十分寂靜，只隱約聽見蛙叫蟲鳴。

寂靜的氣氛突然被擾動，空中傳來翅膀拍動聲，我不禁抬頭看了看。
只見一個灰黑色的身影正在房間內快速繞圈。
牠的外型不像是鳥，應該是……
那是蝙蝠！

「呀！」
我驚駭過度，大聲尖叫起來。
懷中的小傑被我驚嚇到，也放聲大哭。
我低下頭閉上眼睛，緊抱著小傑，頭皮發麻、渾身發抖、寒毛直豎。

耳畔響起一陣急促的上樓聲，房門猛然被開啟。

「妳怎麼了？」文賢的聲音很緊張。

「蝙……」我牙齒打顫，「蝙蝠。」

「在哪？」

我仍然低頭閉眼，只用右手往上指。

原以為文賢應該會立刻趕牠走，但過了一會竟然沒有任何動靜。

我鼓起勇氣睜開眼睛，緩緩抬起頭，只見他在我身旁坐下。

「蝙蝠離開了嗎？」我的聲音還在發抖。

「蝙蝠還在，不過不用怕。」他似乎很興奮，「那是我阿嬤。」

我大吃一驚，不知道是因為蝙蝠還在？或是文賢所說的話？

「別怕。」文賢輕輕摟著我的肩膀。

「你快趕走牠呀！」

「不。」他居然笑了，「阿嬤化身成蝙蝠，飛回家裡來看我了。」

「你說什麼？」我整個人呆住。

文賢沒回答我，只是仰頭看著蝙蝠，喃喃自語。

「對了，阿嬤還沒看過小傑，她一定很想看看小傑。」

文賢從我懷中抱走小傑，讓小傑坐在他大腿上，並將小傑的臉朝上，

「小傑乖，別哭了。阿祖來看你了唷。」

我又吃了一驚，想抱回小傑，但雙手仍在發抖，使不出力。

而小傑竟然莫名其妙停止哭泣。

我躲在文賢背後，縮著身體、瞇著眼睛、雙手抓住他肩膀，偷瞄空中。
那隻蝙蝠依舊在空中盤旋，似乎找不到離開的出口。
牠越飛越快，我的心跳也越來越快。
突然間，牠改變方向朝下，直衝文賢和小傑而來。
我反射似的低下頭並且不停尖叫。

「妳已經證明妳的聲音很高亢。」文賢笑說，「可以停止尖叫了。」
「蝙蝠呢？」
「走了。」
「真的嗎？」
「嗯。」文賢說，「阿嬤走了。」
「為什麼你老說蝙蝠是阿嬤？」我驚魂甫定。

「妳聽過一種傳說嗎？」他說，「死去的親人或愛人會化身成蝙蝠，
　飛回家看他生前所掛念的人。」
「我沒聽過這種莫名其妙的傳說。」我問，「你是從哪聽到的？」
「這是阿嬤告訴我的。」
「為什麼不化身成燕子或麻雀之類的鳥，為什麼非得變成蝙蝠？」
「妳對蝙蝠有意見嗎？」

我對蝙蝠沒有意見，我只是覺得蝙蝠的長相非常噁心。
有些人討厭老鼠，有些人害怕老鼠，而我對老鼠是既害怕又厭惡。
如果是會飛的老鼠，更比老鼠可怕十倍以上。

對我而言，蝙蝠就像是會飛的老鼠。

我第一次親眼看見蝙蝠是在唸國中的時候，那時牠也在屋子裡繞圈。
我嚇呆了，嘴巴大開卻叫不出聲音，整個人僵住，渾身起雞皮疙瘩。
牠突然朝我俯衝而來，在離我鼻尖大約只有五公分處，再拉起身朝上，
又在屋子裡盤旋一圈後，終於找到窗戶的縫隙飛出去。
蝙蝠飛走後三分鐘，無法動彈的身體才恢復知覺，也才發得出聲音。
我開始哇哇大哭，哭聲嚇壞了媽媽和弟弟。

其實我並不是個愛哭的女孩，甚至可說是個幾乎不會哭的女孩。
即使是父親過世時我也沒哭出聲音，只是掉眼淚而已。
但那次親眼看見蝙蝠後，卻讓我足足哭了兩個小時，晚飯也沒吃。

蝙蝠是如此可怕的動物，因此死去的親人或愛人會化身成蝙蝠的傳說，
我不僅很難相信，也打從心底不願意去相信。
「你相信這種傳說？」我問文賢。
「嗯。」他點點頭，「因為這是阿嬤說的。」
文賢的神情非常篤定，我便不再表達對這種傳說的質疑。

文賢和阿嬤的感情非常好，因為他可以說是由阿嬤一手帶大。
阿嬤有七個孫子、四個孫女，文賢既非長孫、也非么孫，他排行第五。
照理說他應該沒有特別被阿嬤疼愛的理由，但阿嬤卻跟他格外有緣。

在11個孫子女中，只有文賢是左撇子，而阿嬤剛好也是左撇子。
大家都說這是因為只有文賢是被阿嬤帶大的緣故。

文賢剛出生時父母很忙，於是阿嬤自願要來照顧他。
嬰兒時期喝奶、吃飯、洗澡、換尿布幾乎都由阿嬤包辦。
唸幼稚園時，阿嬤會牽著他的小手上學，放學時也會去幼稚園接他。
上了小學後，他總是跟阿嬤一起睡午覺，除非要上整天的課。

唸國中時，有次文賢貪玩誤了時間，11點半才回到家。
文賢偷偷溜進大門，發現平常9點就入睡的阿嬤竟然坐在院子裡等他。
阿嬤看到文賢後沒說話，只是牽著他的手走進家門。
一走進家裡，便看見他爸爸手裡拿了根又粗又長的藤條，坐在沙發上。

「死囝仔！」爸爸氣呼呼地站起身舉起藤條，「玩到現在才回來！」
「你去睏啦。」阿嬤說。
「阿母。」爸爸說，「妳不要管啦。」
「叫你去睏你是不會聽嗎？」阿嬤提高音量，「去睏啦！」
　爸爸手中的藤條微微抖動，但只能眼睜睜看著阿嬤牽著文賢的手上樓。
阿嬤一直牽著文賢的手到他二樓的房間，才放開手。
「快睏。」阿嬤摸摸他的頭，「你明天擱要讀冊。」

文賢要離家到台北唸大學那天，阿嬤堅持要送文賢。

老家沒有火車站,文賢得先坐公車到附近城市的火車站搭火車北上。

爸爸說孩子大了,讓他一個人去坐車就好,但阿嬤說什麼都不肯。

爸爸只得跟阿嬤陪著文賢坐了一個小時的車到附近城市的火車站。

在月台上等車時,阿嬤拉著文賢的手走開幾步,然後低聲說:

「這些錢給你。」她把一團鈔票塞進他手心,「別讓你爸爸知道。」

一直到火車進站,阿嬤始終緊握著文賢的手。

文賢大學剛畢業時,他和我成為男女朋友。

沒多久他便帶我回家去看阿嬤,因為阿嬤老是嚷著想看我。

我和文賢才剛走進院子,阿嬤立刻推開家門走出來迎向我。

「真水。」阿嬤雙手握著我雙手,仔細端詳我全身,「真水。」

吃完晚飯後,阿嬤偷偷把我拉到院子裡,拿出一只翡翠戒指要給我。

「我不能拿啦。」我嚇了一跳拚命搖手,而且這戒指看起來價值不菲。

「可以啦。」阿嬤直接把戒指套進我手指,然後笑說:「剛剛好。」

我和文賢結婚那天,婚宴結束後阿嬤悄悄走進新房來看我,說:

「文賢這囡仔是我從小看到大,他的個性戇直,容易衝動,妳要好好
　教他。如果妳受了委屈,跟阿嬤講,不要跟他吵架。夫妻是一世人
　的代誌,要互相扶持、互相體諒、共同吃苦。」

「我了解。」我點點頭。

「多謝妳。」阿嬤突然流下眼淚,「以後文賢就拜託妳照顧了。」

「阿嬤。」我眼眶也紅了,「千萬不要這麼說。」

我懷小傑四個月時，阿嬤瞞著文賢的爸爸，一個人溜到台北來看我。
阿嬤提著兩大包的食材和補品，一進家裡便到廚房忙東忙西。
「第一胎卡辛苦，要特別注意。」臨走時阿嬤牽著我的手千叮萬囑，
「身體要顧好，重的東西不要提，不要太累，要記得吃補。」
我只記得我一直點頭。

小傑出生後，阿嬤的病情加重，開始頻繁進出醫院。
小傑剛滿月，文賢知道阿嬤很想看曾孫，打算帶小傑回老家看阿嬤。
「我現在生病，不要讓囝仔來看我，這樣對囝仔不好。」阿嬤說。
「不要緊啦。」文賢在電話中說。
「你不懂啦，這樣囝仔會歹育飼。」阿嬤說，「等我身體卡好再講。」
但阿嬤的身體卻日益惡化，因此阿嬤從沒見過小傑。

阿嬤過世前的那一個月，都是在醫院裡度過。
這期間文賢從台北專程去看她四次，但每次阿嬤的意識都不太清醒。
最後一次去看阿嬤時，她牽著文賢的手，但卻叫著他阿公的名字。
阿嬤過世的那晚，文賢的手機響了，是他爸爸打來的。
爸爸說阿嬤快往生了，口中不斷唸著文賢的名字。
文賢趕緊叫爸爸把手機放在阿嬤耳邊，隨即神色凝重走出客廳到陽台。

「阿嬤。我文賢啦。阿嬤，你不要害怕，要放輕鬆。妳平時很虔誠拜
　觀世音菩薩，觀世音菩薩一定會來接妳。要記得喔，跟著菩薩走，
　要跟好，菩薩一定會帶妳到西方極樂世界。阿嬤，妳免驚喔，菩薩

會照顧妳。阿嬤，妳有聽到嗎？阿嬤。阿嬤。阿嬤……」

爸爸在手機那頭說阿嬤往生了，神情頗為安詳。
文賢掛了手機，然後蹲下身，在陽台角落猛掉眼淚。
我不知道該如何安慰文賢，便讓他一個人在陽台獨處。
那晚文賢幾乎沒睡。

文賢說無法見阿嬤最後一面，是他這輩子最大的遺憾和悔恨。
他也相信，無法在往生前見到文賢，阿嬤一定也很遺憾。
「但現在阿嬤來看我了，我和阿嬤都不會再有遺憾了。」文賢笑了，
「而且阿嬤看到小傑長得這麼健康可愛，一定也很開心。」

我這時才發現，他臉上雖然掛著淡淡的笑，但滿臉淚痕，眼眶也紅了。
自從上星期阿嬤過世以來，我幾乎沒看過文賢的笑容。
他常常是若有所思的模樣，偶爾會偷偷掉眼淚。
而此刻他的神情非常輕鬆，笑容雖淡，卻洋溢著滿足。

「第一次看見蝙蝠是在我唸高二的時候，有隻蝙蝠在家裡到處亂飛。」
文賢對我說，「我猜想牠可能是因為追著昆蟲才會不小心闖進家裡。」
文賢說他那時馬上衝進浴室拿了條毛巾，然後輕輕揮舞毛巾，
想把蝙蝠趕往窗戶的方向，好讓蝙蝠可以從窗戶的縫隙中飛出去。
「你在做什麼？」阿嬤大叫，「還不快停手！」

文賢嚇了一跳，停止揮舞毛巾。

「過來我旁邊坐下。」阿嬤說，「那是你阿公。」
文賢當時的反應跟我一樣，也是一頭霧水，但還是乖乖坐在阿嬤身旁。
於是文賢和阿嬤便坐在沙發上，看著蝙蝠在空中盤旋繞圈。
蝙蝠繞了一會後，突然改變方向朝阿嬤飛近，快碰觸阿嬤時又急轉彎，
好像飛機表演特技一樣。
蝙蝠飛走後，文賢轉頭想問阿嬤，只見阿嬤淚流滿面，並頻頻拭淚。

文賢的阿公在這隻蝙蝠出現前十天過世。
「阿公一個人在田裡工作時，突然心肌梗塞而猝逝。阿嬤等不到阿公
　回家吃午飯，便到田裡去找阿公，才發現阿公已死去。」
阿嬤哭得很傷心，而且自責又悔恨，整整一個禮拜幾乎不吃不喝不睡。
文賢的爸爸擔心阿嬤的身子熬不住，送她去醫院住院三天打點滴。
沒想到阿嬤才剛出院回家，便看見蝙蝠。

「死去的親人或愛人會化身成夜婆（蝙蝠），飛回家看他生前所掛念
　的人。」阿嬤對文賢說，「這是你阿公告訴我的。」
阿嬤雖然淚眼汪汪，但提起這種傳說時，臉上盡是滿足的笑。
「你阿公還說，如果他比我先走，他一定會變成夜婆飛回家看我。」
阿嬤笑得很開心，「你阿公沒騙我，他果然回來看我了。」

文賢說他原本不太相信這種傳說，但看到阿嬤滿足的神情與笑容，
還有自從見到蝙蝠後阿嬤就不再整天失魂落魄，他便開始相信了。
「阿嬤後來還對我說，將來有天她死了，她也會變成蝙蝠，飛回家
　來看我。」文賢笑了笑，「結果阿嬤也沒騙我。」

我想文賢打從心底相信死去的親人或愛人會化身成蝙蝠的傳說，
但我還是覺得這傳說不可思議。
「可是這傳說未免太⋯⋯」我終於按捺不住疑惑。
「太難以置信是吧。」文賢說，「就像住海邊的人吃魚時不翻魚一樣，
　這傳說其實也只是一種簡單的心情。」
「什麼樣的心情？」
「想要撫慰生者和體恤亡者的心情。」

我雖然還是不懂，卻可以體會。
在我唸國二的時候，父親去世了，至今剛好滿20年。
父親過世時我來不及見他最後一面，這20年來我一直耿耿於懷。
如果父親也能化身成蝙蝠回來看我，那麼或許我可以釋懷吧。
只可惜自從父親過世後，我從未看見蝙蝠飛進我的老家裡。

父親會變成蝙蝠飛回家來看我嗎？

◆　◆　◆　◆

阿嬤的葬禮結束後，隔天我們一家三口便回台北。

文賢的心情變得平靜許多，也不再偷偷掉眼淚了，我終於可以放心。

至於蝙蝠的傳說，我還是不能接受，但已經深印在腦海。

問了幾個朋友是否聽過那個關於蝙蝠的傳說？

「死去的親人或愛人會化身成蝙蝠？從沒聽過耶。」她們非常訝異，

「吸血鬼才會化身成蝙蝠吧。」

我也上網搜尋有關蝙蝠的傳說，結果跟我的預期一樣。

在中國因為「蝠」與「福」同音的關係，蝙蝠是幸福、福氣的象徵；

還有蝙蝠可以幫鍾馗引路，讓鍾馗驅妖除魔的傳說。

在西方蝙蝠則是邪惡、黑暗的象徵，和吸血鬼的化身。

不管東方或西方，沒有一種傳說把死去的親人或愛人與蝙蝠做連結。

或許真如文賢所說，那個關於蝙蝠的傳說其實只是一種心情，

一種想要撫慰生者和體恤亡者的心情。

兩個禮拜後，文賢開車載著我和小傑回我的老家。

路程比回文賢老家更遠，因為我老家在台灣的最南邊。

這次我是為了重新安葬父親的事而回去。

父親雖然已經過世20年了，但他的模樣在我心裡仍然很清晰。

父親剛過世那幾年，我常夢見他，也常無緣無故想起他。

只要一想起或夢見父親，我總是淚流不已。

自從結婚後，無緣無故想起父親的次數少多了，也很少再夢見他。

然而每當夢裡出現父親，醒來後依舊會發現枕頭和被單都已濕透。

父親安葬在公墓剛好滿20年，管理單位建議我們起出遺骨然後火化。
這些年來台灣的土地越來越難取得，傳統的土葬也逐漸被火葬取代。
母親決定起出父親的遺骨火化，再將父親的骨灰安置在佛寺。
我回家的這天，正是父親的遺骨已起出，即將火化的日子。
這次是文賢留在家裡照顧小傑，由我弟弟開車載我和母親去火化場。

當父親的遺骨要推進去火化爐那一瞬間，我突然跪倒在地。
「阿爸，火要來了，你別怕，要閃開。很快就好了。阿爸，要小心。
　阿爸，真對不起，讓你受苦了。阿爸。阿爸……」
我悲從中來，幾乎泣不成聲。

「阿姐。」弟弟扶我起身，「別傷心了。」
「阿爸。」我淚眼朦朧看著他，彷彿真的看到阿爸。
「阿姐。」他的眼眶紅了，「我是阿弟。」
「哦。」我回過神，趕緊擦乾眼淚。
弟弟今年30歲了，五官輪廓與阿爸越來越神似。

「靜慧。」母親把裝著父親骨灰的骨灰罈讓我抱著，「妳弟弟開車，
　現在我們要去西如寺。以後妳阿爸就在那裡。」
我小心翼翼抱著父親的骨灰，手裡拿炷香，上了車的前座。

「妳沿路上要叫妳阿爸跟好，這樣妳阿爸才會跟著我們到西如寺。」
母親在車子後座叮嚀我。

「阿母。」我點點頭，「我知道。」
我低頭看著懷中的骨灰罈，下意識緊緊抱著它。
時間已匆匆流逝了20年，沒想到現在我又可以跟阿爸靠得這麼近。

◆　　◆　　◆　　◆

「阿爸，我靜慧啦。我們現在要去西如寺，那是一間佛寺，在高雄縣
　林園鄉。那間佛寺主祀釋迦牟尼佛，寺裡面有很多法師哦。阿爸，
　你以後就可以天天聽法師唸佛經，真好。阿爸，你一定要跟好哦。
　阿爸，要跟好哦。」

車子動了，我開始喃喃自語，引領阿爸跟著我。
小時候阿爸帶我出門時，怕我走失，總是叮嚀我要跟好。
沒想到現在卻是我叮嚀阿爸要跟好。

記得唸小學一年級時，也許更小，阿爸第一次帶我到大統百貨去玩。
「靜慧，百貨公司人很多，妳要緊跟著阿爸。要跟好哦。」
我點點頭，緊跟著阿爸，不敢稍離。

第一次看到手扶梯時，我嚇得不敢踏上去，但阿爸已經踏上去了。
「阿爸。」眼看阿爸的背影越來越遠，心裡一慌便哭了，「阿爸。」

阿爸回頭看見我還在下面，顧不得那是向上的手扶梯，趕緊往下衝。
「抱歉、抱歉。」阿爸一面說，一面快速閃開手扶梯上的人群。
大約還剩四個階梯時，阿爸一躍而下，然後抱起我。
「靜慧乖。」阿爸大口喘氣，「阿爸在這，別怕。」
「阿爸。對不起。」我抽抽噎噎，「我不敢踏上去。」
「不要緊。」阿爸笑了，「阿爸抱妳上去。」
阿爸便抱著我，再度踏上手扶梯到二樓。

「阿爸牽妳的手。」碰到二樓往三樓的手扶梯時，阿爸說：
「我們一起上去。」
「阿爸……」我看了手扶梯一眼，「我還是會怕。」
「別怕。」阿爸說，「妳以後還是得一個人踏上手扶梯。」
我只好怯生生地伸出右手，阿爸把我的手牢牢握住。

「看阿爸的左腳。我數一、二、三，我們一起踏上去。」阿爸笑了笑，
「一……二……三！」
我和阿爸幾乎同時伸出左腳，踏上手扶梯。
「很簡單吧。」阿爸又笑了。
「嗯。」我點點頭。
其實我還是有點怕，但阿爸厚實的手掌給了我無比的勇氣。

我來到台北唸大學後，偶爾一個人去逛逛百貨公司。

當我要踏上手扶梯時，通常會莫名其妙想起阿爸。

「一⋯⋯二⋯⋯三！」阿爸的聲音彷彿在耳邊響起，「很簡單吧。」

我因此而發楞以致擋住後面的人，這讓我覺得很不好意思。

後來我逛百貨公司時只搭電梯，從不搭手扶梯。

直到認識文賢之後，我才又開始搭手扶梯。

◆　　◆　　◆　　◆

「阿爸，這條路你以前常常載我經過，但是現在的馬路越來越寬了，

　你可能已經不認得路了吧。前面有個十字路口，我們還是要直行。

　阿爸，你要跟好哦。阿爸，要跟好哦。」

我越說眼睛越模糊，說到後來眼淚已滑落至唇邊。

懷中抱著阿爸，右手拿著香，我只能用衣袖狼狽地抹去淚水。

我得保持視線清晰，因為我得為阿爸帶路。

這條路我太熟了，即使拓得再寬，我的記憶也不會模糊。

小時候阿爸常利用假日，幫雜貨店送貨到高雄，賺點外快貼補家用。

阿爸開著車後搭起帆布的小貨車，車上載滿雜貨，總會經過這條路。

阿爸要出發前，總笑著問：「誰要先上車？」

我和阿弟搶著上車，阿爸通常是先抱我上車，再抱阿弟。

雜貨店老闆的兩個小孩也想跟，阿爸也一一抱了他們上車。

「出發囉！」車子一起動，我們四個小孩子便異口同聲。

我們擠在雜貨堆中，沿路上玩著尪仔標，又叫又笑，玩的很開心。

雜貨堆中洋蔥、辣椒、蒜頭等等的氣味，總是熏得我們眼淚直流。

就像現在的我一樣，想起以前的那股氣味，然後莫名其妙眼淚直流。

如果是夏天，阿爸送完貨後會帶我們四個小孩子去吃挫冰；

如果是冬天，就會去吃碗熱騰騰的麵。

「靜慧。」阿爸會問我，「好吃嗎？」

「嗯。」我總是拚命點頭，然後大聲說：「好好吃！」

阿爸笑得很開心，眼神很溫柔，神情很滿足，然後摸摸我的頭。

不管是夏天或冬天，只要跟阿爸一起出門到高雄送貨，

都是既快樂又滿足的事。

長大後同學或同事常約我一起去據說很好吃的店品嚐美食。

「靜慧，好吃嗎？」當我莫名其妙想起阿爸時，便會自言自語：

「算好吃吧。但是跟阿爸在一起吃的挫冰和麵才叫好好吃。」

「靜慧。」同學或同事總是很疑惑，「妳瘋了嗎？」

我得趕緊擠出笑容，不然淚水可能會決堤。

✦ ✦ ✦ ✦

「阿爸，這個路口要左轉。阿爸，這是條新開的路，你以前不曾走過。
　阿爸，你不要緊張，也不要害怕，只要跟著我，就不會走丟。阿爸，
　你要跟好哦。阿爸，要跟好哦。」
我說完後，突然回頭往後看，只見母親坐在後座。

記得剛要唸小學時，上學的第一天，吃完早飯後我就是不肯穿鞋出門。
「靜慧。」阿爸柔聲問我，「為什麼不去上學呢？」
「阿爸。」我低下頭，輕聲說：「我不敢一個人走那麼遠的路。」
阿母罵我是膽小鬼，還說如果我再不趕快出門便要用棍子打我。
「孩子還小，會怕很正常。」阿爸拿下阿母手中的棍子，說：
「靜慧不要怕，阿爸陪妳一起去。只要跟著阿爸，妳就不會走丟。」

鄉下學校總是地處偏僻，走路得花25分鐘，而且有一段我沒走過。
阿爸牽著我的手上學，我感覺像遠足，不像是要上學。
「靜慧。」阿爸說，「今天阿爸陪妳走，但明天開始妳要自己走。」
「哦。」我很失望。

阿爸應該看出了我的失望，隔天要上學前，他對我說：
「今天阿爸還是陪妳上學吧。」
「好呀！」我很開心，拍起手來。

「不過阿爸不能牽妳的手，阿爸走在妳後面。」阿爸笑了笑，
「妳不可以回頭喔。」

雖然知道阿爸一定跟在我後面，但我總會忍不住回頭。
「不可以回頭喔。」阿爸在離我10步的距離微笑。
「好。」我笑了笑，對著阿爸吐了吐舌頭。

之後阿爸還是每天跟在我後頭上學，而我回頭的次數也越來越少。
一個禮拜過後，我已經不再回頭。
「靜慧好乖。」放學回家後阿爸說，「妳已經可以一個人上學了。」

我終於敢一個人上學，連續幾天都是自己一個人走路到學校。
但有天在上學途中，我突然回頭，竟發現阿爸依然在我背後10步遠。
「阿爸！」我向他跑去，伸出雙手。
「是阿爸的錯。」他一把抱起我，「阿爸還是會擔心妳。」
「阿爸。」我用力環抱著他，「不用擔心，我可以自己一個人上學。」
「靜慧真乖。」阿爸摸了摸我的頭。

在台北唸大學以及工作時，常會走在鬧區的街道上。
偶爾我會突然回頭，似乎我的潛意識裡期待著只要一回頭，
就可以看見阿爸。
但每次回頭總是看到一張張陌生的臉，不見阿爸的身影。

我只能頹然再轉過身，繼續走自己的路。

◆　◆　◆　◆

「阿爸，這裡的路比較窄，你要小心跟好。阿爸，前面三岔路口我們
　要順著這條路左轉，左轉後會接台17線。阿爸，我們左轉了，現在
　這條路就是台17線。阿爸，你要跟好哦。阿爸，要跟好哦。」

我唸國二時，阿爸生病住院，我和阿母曾搭計程車到醫院去看他。
一路上阿母一語不發，緊繃著臉，我從未見過阿母如此。
狹小的車內有股恐慌不安的氣息，我只好將視線望著窗外。
印象最深的影像，便是每隔一段距離就會出現的藍底白字 ——17。

阿爸住院兩星期，我只陪阿母去看他一次。
那次的記憶只有嗆鼻的藥水味、冰冷的地板、沒有陽光的病房、
虛弱而孤單地躺在病床上的阿爸。
醫院裡的空間給我的感覺是沒有溫度、充滿壓力、瀰漫悲傷的氣氛；
而且好像有股很強的力道正擠壓這個空間，空間不再四方，變得扭曲。
在醫院裡我一直是心跳加速、喘不過氣。

阿爸已是骨癌末期，醫生說治癒機會非常渺茫，勸阿母做好心理準備。

在沒有全民健保的年代，住院治療得花一大筆錢。

阿爸住了兩星期後，便堅持出院回家，不想給家裡帶來經濟負擔。

回家後阿爸總是躺在床上靜養，很少下床。

阿母一直叮嚀我，阿爸需要休息，沒事不要去打擾他。

但每天早上出門上學前，我一定會先到阿爸床邊，蹲下身輕聲說：

「阿爸。我要去上學了。」

「嗯。」阿爸點點頭，笑了笑，「要認真上課喔。」

「我知道。」我說，「阿爸再見。」

放學回家後，書包還沒放下，我還是會先到阿爸床邊，蹲下身說：

「阿爸。我放學回來了。」

「嗯。」阿爸還是會點點頭，笑了笑，「今天累不累？」

「不累。」

「靜慧乖。」阿爸摸摸我的頭，「去把書包放下，洗個臉休息一下。」

「好。」

雖然擔心是否會吵醒阿爸，但我每天上學前和放學後到阿爸床邊時，

他幾乎都是醒著，我覺得阿爸應該是在等我。

有次我放學回家到阿爸床邊時，發現阿爸閉上眼睛似乎在睡覺。

我輕手輕腳，轉身準備離開時，阿爸卻突然睜開眼睛說：

「嘿，靜慧。阿爸還醒著喔。」

「阿爸。」我立刻到床邊蹲下身，「我放學回來了。」

「嗯。」阿爸摸摸我的頭,「去把書包放下,洗個臉休息一下。」

吃完晚飯、洗完澡後,我會帶著書本,到阿爸床邊的小桌子唸書。
我不會發出任何聲響,連翻書的動作都非常小心,以免吵到阿爸。
但阿爸始終微笑地注視著我唸書時的身影,我只要轉頭向右,
就一定會接觸阿爸的視線。
「靜慧。」阿爸說,「很晚了,妳該去睡了。」
「嗯。」我立刻站起身收拾書本,在阿爸床邊蹲下,「阿爸晚安。」

我覺得在阿爸床邊讀書會讓阿爸開心,所以阿爸在家休養期間,
我不看電視、不出門找同學玩,每天晚上都到阿爸床邊讀書,
直到阿爸提醒我該睡覺為止。
這是我的能力所及,唯一可以讓阿爸開心的事。
可是阿爸越來越瘦、臉色越來越蠟黃、原本清澈的雙眸越來越渾濁。
唯一不變的,就是阿爸每次看到我時那種溫暖的笑容。

這段期間我只看見阿爸流過一次眼淚,只有那麼一次。
那次是晚上,我在阿爸床邊唸書時,聽見他叫我:
「靜慧。過來阿爸這裡。」
「是。」我立刻闔上書本,起身到阿爸床邊,然後蹲下。
「妳知道阿爸為什麼要把妳取名為靜慧嗎?」阿爸問。
「不知道。」我搖搖頭。

「阿爸希望妳文靜而賢慧。」阿爸說。

「我知道了。」我點點頭。

「妳一直很乖巧，又懂事，跟妳的名字一樣。」阿爸摸摸我的頭，
「妳14歲了，越長越漂亮。阿爸很驕傲，也很欣慰。」

我嗯了一聲，有些不好意思。

阿爸一直看著我，眼神雖然專注卻很溫柔。

「不知道哪個男生能有福氣娶到我們家靜慧，不管他是誰，他一定是
世界上最幸運的男生。」阿爸嘆口氣說，「阿爸很想看著妳結婚，
想看看妳的丈夫，想看看那個世界上最幸運的男生是誰。可是……」

阿爸頓了頓，突然哽咽說：「可是阿爸看不到了。」

「阿爸。」我心頭一酸，淚水奪眶而出。

「靜慧。」阿爸流下兩行清淚，「阿爸對不起妳，請妳原諒阿爸。」

我改蹲為跪，伸長雙手抱著阿爸，痛哭失聲。

「靜慧。」阿爸輕拍我的背，「現在可以哭，但以後不要再哭了。妳的
人生還很長，要學會堅強。知道嗎？」

「我知道。」我直起身，停止哭聲，用手抹去眼淚。

阿爸拿出面紙，左手捧著我的臉，右手仔細擦乾我臉頰和眼角的淚水。

「不能再哭了喔。」阿爸笑了笑，「要堅強。」

我忍住眼淚，拚命點頭。

阿爸回家休養兩個月後某天下午，我們班正在操場上體育課。

遠遠看見有位女老師從操場另一端跑過來，似乎很著急。

「張靜慧在嗎？」她來到我們面前停下腳步，上氣不接下氣。

「有。」我舉起右手回答。

「妳果然在這裡，難怪我去教室找不到妳。」她說，「妳媽打電話來說
　妳爸爸快不行了，要妳趕快回家。」

「快不行了？」我一時會意不過來。

「趕快回家呀！」她大叫。

我終於明白那是什麼意思了。

我拔腿狂奔，從學校最南端的操場，跑到最北端的車棚騎腳踏車。

到了車棚已汗流浹背、氣喘吁吁，但我沒停頓，直接跨上腳踏車。

我雙腿不斷加速，原本15分鐘的車程，我應該只騎了10分鐘不到。

才剛到家，便聽見屋子裡傳來哭聲，原本快速跳動的心臟幾乎停止。

我慌忙下了車，把腳踏車隨手甩開。

但我突然雙腿發軟，整個人趴倒在地，爬不起來。

我只能勉強在地上爬行，爬到家門口，爬過門檻，終於可以站起身。

顧不得手肘和膝蓋已磨破皮，我直接衝進阿爸房間。

只見阿母抱著阿弟坐在床邊大哭。

我走到阿爸床邊，蹲下身看著他，只見阿爸躺著，雙眼閉上。

我等了許久，等著阿爸睜開眼睛說：「嘿，靜慧。阿爸還醒著喔。」
但阿爸始終沒睜開眼睛。

「阿爸。」我終於忍不住，輕輕搖了搖他的手。
阿爸的手很涼，不再像以前摸我頭時的溫暖。
我靜靜看著阿爸，沒哭出聲音，也沒流淚。
我覺得眼前的一切很不真實，像是一場夢境，而我正漂浮著。

阿爸在我回家前三分鐘往生。
我跟阿爸說的最後一句話是：「阿爸。我要去上學了。」
阿爸跟我說的最後一句話是：「要認真上課喔。」

這20年來，來不及見阿爸最後一面是我人生最大的遺憾和悔恨。
在往生前沒看到我，阿爸會不會也覺得遺憾和悔恨？
如果我不是剛好在上體育課，如果我跑得更快、騎得更快，如果⋯⋯
各種不同的「如果」，縈繞在我腦海20年。
我一直很想知道，往生前那瞬間，阿爸會跟我說什麼？

阿爸，你會跟我說什麼？
阿爸，你想跟我說什麼？

◆　◆　◆　◆

「阿爸，我們快要上雙園大橋了。不過雙園大橋在去年莫拉克颱風時
　被大水沖斷了，現在只有一條便橋。阿爸，你要跟好哦，聽說便橋
　是臨時蓋的雙向單行道，寬度很小，只開放小車可以通行。阿爸，
　你一定要小心跟好，阿弟說便橋上會有很多機車，車子不太好開。
　阿爸，你要跟好哦。阿爸，要跟好哦。」

或許一般人對颱風的印象總帶點驚恐或不安，
但我腦海中關於颱風的記憶，大部分是美好的。
而那些美好的記憶，都是阿爸給我的。

我們家是傳統的磚瓦建築，房子很老舊，颱風夜裡屋頂一定會漏水。
阿爸會把門窗關緊，然後四處巡視，找容器接住從屋頂滴下的水。
於是地上甚至是桌上和床上便擺滿臉盆和水桶，
有時漱口杯和碗也得用上。
而屋外的狂風呼呼作響，搖動整間屋子，房子彷彿隨時會垮。

有次狂風吹落了屋瓦，我很害怕，躲在阿爸背後，問：
「阿爸。風這麼大，我們家會被吹垮嗎？」
「只要阿爸在，我們家就不會垮。」阿爸轉身抱起我，笑了笑。
阿爸的笑容給了我極大的安全感，老舊的房子似乎也變得堅固。

「來玩大富翁吧。」阿爸說。

從那次以後，阿爸總會在颱風夜跟弟弟和我玩「大富翁」。
我們三人趴躺在地上，擲骰子，按骰子的點數前進。
屋外雖然狂風暴雨，屋內卻充滿歡笑聲和滴滴答答的漏水聲。
如果停電了，阿爸會點根蠟燭，我們繼續玩，玩興不減。

我家住海邊，平時如果碰到大潮，路上偶見積水，颱風時更不用說了。
即使颱風過了，路上也常常是淹水未退。
阿爸不放心我一個人出門，會牽著我的手上學，我們常得涉水而過。
碰到水深一點的地方，阿爸會背著我，一步一步小心涉水。
阿爸的背很平很寬廣，讓我覺得安心，有次我還不小心睡著了。
後來阿弟也開始上小學，阿爸便一手牽著我、一手牽阿弟，涉水上學。
只要有阿爸，狂風暴雨和淹水都不可怕，我甚至會期待颱風來襲。

阿爸過世後的第一個颱風夜，屋子裡到處在滴水。
當狂風吹得屋子拚命發抖時，我也因恐懼而發抖。
「阿爸。我們家要垮了。」我緊抱著棉被，縮在床角，「要垮了。」
那晚我徹夜未眠，怕醒來後家已不見。

唸大學時，每當颱風夜，我總想拉著室友跟我一起玩大富翁。
「妳怎麼會想玩那種幼稚的遊戲？」室友皺著眉，「妳還沒長大嗎？」

我不是還沒長大，我只是很懷念跟阿爸一起玩大富翁時的歡樂氣氛。
但沒有任何人肯陪我玩，她們寧可無聊到看著窗外的風雨發呆。

認識文賢後的第一場颱風天裡，他打電話給我，問我是否一切安好？
「還好。只是……」我不想讓文賢也笑我幼稚，便改口：「沒什麼。」
「只是什麼？」文賢似乎急了，「妳快說啊。」
「我想玩大富翁。」我說。
「好。」他說，「妳等我。」

一個半小時後，他帶著一盒還沒拆封的大富翁來我住處。
「讓妳久等了。」他說，「很多店都關門了，我跑了五家店才買到。」
「謝謝。」看著頭髮濕透的文賢，我很感動，也很抱歉。
文賢陪我玩大富翁時，住處的天花板沒漏水，但我的眼睛卻漏了水。

◆　◆　◆　◆

「阿爸，過橋了。阿爸，過橋了。」
眼淚突然迅速滑落，奔流不息，無法止住。

阿爸出殯那天，我默默跟在阿爸的棺木後面，整天都沒說話。
帶路的道士一再交代，只要經過橋樑，就得高喊：過橋了。

據說橋與河流容易有凶死的惡靈盤踞，亡者的靈魂會不敢過橋。
家人必須不斷呼喊：過橋了。安撫亡者別怕，並引領亡者過橋。
那天我沒說半句話，卻喊了幾十聲：「過橋了。」
這是阿爸出殯那天我最深的記憶，也幾乎是唯一的記憶。

阿爸過世後，我從沒哭出聲音，人前人後都一樣。
因為我答應過阿爸，不能再哭了，要堅強。
可是流淚對我而言是反射動作，不受腦部控制。
我會拚命忍住淚，只在獨處或沒人看到時，才放心讓眼淚流下。
一旦發現可以流淚了，淚水總是排山倒海而來。

或許因為這樣，阿爸出殯那天我不小心聽見幾位親戚跟母親說：
「父親過世了，靜慧這孩子竟然都沒哭也沒掉眼淚，真是不孝。」
母親沒做任何反駁，只說我的個性很倔強，從小就不太聽她的話，
她不知道該怎麼管教我。

我非常憤怒，除了痛恨那些親戚用哭聲大小與眼淚多寡來衡量孝心外，
更不能原諒母親竟然不做反駁，還說出那些算是附和親戚的話。
從此我和母親的關係就變得很緊張，也幾乎不跟母親交談。
這種詭異的氣氛，持續了兩年。

◆　◆　◆　◆

「阿爸，已經到林園鄉了。這裡車子比較多，阿弟會小心開，你也要
　小心跟好。阿爸，阿弟已經長大，不再是以前那個既調皮又討人厭
　的小孩，你可以放心了。阿爸，前面的路口要右轉鳳林路。阿爸，
　我們右轉了，你要跟好哦。阿爸，要跟好哦。」

阿弟小我四歲，是家裡唯一的男孩，從小母親就特別寵愛他。
小時候的阿弟確實很頑皮，而且喜歡捉弄我，真令人討厭。
記得國一有次段考前一天，我的課本和筆記本竟然滿是阿弟的塗鴉。
「這是不是你畫的？」我強忍怒氣問阿弟。
「是啊。」阿弟笑的很賊，「畫的很漂亮吧。」
我的怒氣瞬間爆發，「啪」的一聲，賞了阿弟一記清脆的耳光。

阿弟大哭跑走，然後向阿母告狀。
阿母拿了根棍子走過來，不由分說，把我痛打了一頓。
我知道在重男輕女的觀念下，阿母一定會偏心，甚至會溺愛阿弟。
但阿母怎麼可以連問都不問，拿起棍子就是一頓打呢？
我撫摸著紅腫的手腳，咬牙切齒暗自起誓：
「我明天一定要故意考零分，讓妳難過！」

那天晚上快睡覺前，阿爸一個人來找我。
「靜慧。」阿爸說，「阿爸知道妳受委屈，但明天考試妳要好好考。」
我睜大眼睛看著阿爸，很驚訝阿爸為什麼會知道我的心事？
「妳的個性很像阿爸。」阿爸笑了，「因為妳是阿爸生的。」

「哦。」我只應了一聲。

「妳認為阿母只關心阿弟，不關心妳，所以想故意考壞讓阿母難過。」
阿爸問，「妳是不是這樣想？」
我楞了幾秒後，緩緩點個頭。
「既然妳認為阿母根本不關心妳，那麼妳考壞了，她為什麼要難過？」
「我……」我一時語塞。
「不關心妳的人是不會因為妳而難過。如果妳故意考壞，難過的人
　只有妳自己而已。」

「但如果阿母是關心妳的，妳又何必藉著搞壞自己來讓一個關心妳
　的人難過呢？」阿爸又說，「這樣不是很笨嗎？」
我看著阿爸，沒有回話。

「我知道妳阿母比較疼阿弟，但她還是很關心妳的，所以妳千萬別做
　傻事。」阿爸說，「明天考試要好好考，不然阿爸會很難過。」
「嗯。」我點點頭。
「阿弟還小，妳要原諒他。妳也要幫阿爸好好教他，好不好？」
「好。」我又點點頭。

阿爸過世時，阿弟才唸國小四年級，我很擔心失去阿爸嚴厲的管教後，
調皮的阿弟會不會學壞？

阿弟唸國中時，我每晚都盯著他，也會嚴格限制他看電視的時間。
但他要升國三時，我也要離家到台北唸大學，便無法再盯著他了。
我上台北唸書後，除了擔心阿母太勞累外，最不放心的就是阿弟。

果然阿弟升上高中後，人變得叛逆、貪玩，又不受管教。
阿弟高二那年變本加厲，放學後會在外面玩到很晚才回家。
聽阿母說阿弟迷上電玩，有時甚至逃課不去上學，成績一落千丈。

那時我唸大三，有天我特地回家想好好教訓阿弟。
結果我在客廳等到凌晨兩點，阿弟才進家門。
「你跑去哪裡玩？」我怒氣沖天，「竟然現在才回來！」
「不關妳的事。」阿弟冷冷地回答，連看都不看我。

我氣得全身發抖，舉起右手便想給他一巴掌。
但我發覺阿弟已經長得比我高壯，原本稚氣的臉也變成熟了。
他的五官有阿爸的神韻了，我緩緩放下右手，楞楞地注視著他。
「看三小。」阿弟說。

我的眼眶慢慢潮濕，視線漸漸模糊，那是阿爸的臉呀，那是阿爸呀。
「阿爸。」我不禁雙膝跪地，「阿爸，對不起，我沒管好阿弟。」
阿弟似乎嚇了一跳，原本想轉身離開的他，腳步停了下來。

「阿爸，對不起。我沒聽你的話，沒好好教阿弟，是我不孝。阿爸，
　阿弟已經學壞了，都是我的錯，請你處罰我。阿爸，我真的不知道
　應該怎麼管教阿弟，我真的不會，請你教教我，我該怎麼辦？」
我的視野已是白茫茫一片，只能哽咽呼喊：「阿爸，阿爸，阿爸……」

「起來啦。」他拉我起身。
「阿爸，我不敢啦。」我雙膝剛離地，立刻又跪下，「阿爸，拜託你
　罵我，打我也可以。阿爸，是我不對，我不會教阿弟。阿爸……」
他試著再次拉我起身，但我雙膝始終不肯離開地面。
最後他居然也跪下。

「阿姐。」他將臉湊到我面前，「妳看清楚，我是阿弟。」
「你不是阿爸嗎？」我用手抹乾眼淚，「哦，你是阿弟。阿弟，你要
　好好唸書，好不好？阿爸已經很可憐了，你不要再讓阿爸傷心了。
　阿姐給你拜託，拜託你，好不好？」

「好啦。」阿弟說，「我知道。」
「真的嗎？」我幾乎破涕為笑，「你會好好唸書嗎？」
「嗯。」阿弟點點頭。
「阿弟，多謝你。」我拚命道謝，「多謝你，多謝，多謝。」
「阿姐。」阿弟的眼眶突然紅了，「妳不要這麼說。」

阿弟戒掉電玩，唸書也認真多了，後來順利考上大學的電機系。

大學畢業後，阿弟先去當兵，當完兵後又去考研究所。

研究所畢業後，阿弟到新竹科學園區當電子工程師，工作很穩定。

去年阿弟認識了一個女孩，她是國小老師，兩人的感情很好。

阿爸，阿弟說今年年底他就要向她求婚，你一定很開心吧。

阿爸，阿弟是成人了，已經懂得負責和擔當，你不用再擔心了。

阿爸，你不用再擔心了。

◆　◆　◆　◆

「阿爸，前面路口要左轉清水岩路。阿爸，我們左轉了，你要跟好。
阿爸，這裡就是西如寺所在的廣應村。阿爸，西如寺是阿母選的，
阿母說寺裡環境清幽，又有法師天天唸佛經，阿爸一定會很平靜。
阿爸，阿母這20年來很辛苦，獨力撫養我和阿弟長大。阿爸，請你
放心，我和阿弟會好好孝順阿母。阿爸，這條路不直，彎來彎去，
你一定要跟好。阿爸，你要跟好哦。阿爸，要跟好哦。」

阿爸在39歲那年去世，阿母才38歲。

而我是14歲，唸國二；阿弟只有10歲，唸小四。

照理說我們母子三人應該相依為命，但在阿爸過世後兩年內，

我跟阿母一直處在冷戰的氣氛中，連一聲「阿母」我也不叫出口。

或許我因為阿母總是偏愛阿弟卻老是責罵我甚至打我而有些不滿；
或許我因為阿母不堅持讓阿爸住在醫院去賭那渺茫的機會而怪罪；
或許我因為見不到阿爸最後一面而莫名其妙遷怒於阿母；
或許因為我正好處於叛逆期……
總之當阿爸出殯那天阿母沒反駁親戚說我不孝時，
我竟然開始怨恨起阿母。

阿爸去世一年兩個月後，我從國中畢業，並考上在高雄的高中。
通車到高雄上學要花1個多小時，但家鄉的學生大多選擇通車上學。
「我不要通車。」我說，「我要在高雄租房子。」
「通車就好了。」阿母說，「其他人也幾乎都是通車……」
「每天通車上下學要花兩個多小時，還有等車的時間。」我打斷阿母，
「妳知道這些時間可以唸多少書嗎？妳知道嗎？」
阿母不再說話，默默接受了我想住高雄的事實。

在高雄租房子期間，放假時我很少回家，除非要回家拿生活費。
但我很不想回家，很不想看見阿母。
我甚至曾經在放學後直接坐車回家拿生活費，拿了錢轉身就走。
飯也沒吃，更別說在家裡過夜。
每當我突然回家時，阿母通常沒說什麼，只是從皮包裡拿些錢給我。

有天我放學後又直接到車站坐車，打算回家拿錢繳房租。
一回到家，看見阿母正在廚房煮飯。

我走到她背後，想開口跟她要錢，然後拿了錢就走。
但我發現正在切菜的阿母切了幾下後竟然開始發呆。
她發呆了一陣子，又繼續切菜，切了幾下後，再度發呆。
發呆與切菜反覆進行時，阿母終於切到手。

「呀！」我嚇了一跳，不禁低聲驚呼。
阿母聽見我的叫聲，回頭看著我，眼神有些迷惘。
「妳切到手了。」我指著阿母正流血的左手拇指。
「哦。」阿母低頭看了看，「沒關係。」
「可是流血了……」
「洗一洗就好了。」阿母扭開水龍頭，讓左手拇指沖水，「去洗把臉，
　休息一下。待會就可以吃飯了。」

我離開廚房來到客廳，坐在椅子上，想起剛剛阿母的臉和眼神。
我覺得心很痛，不禁低下頭掩著臉偷偷掉淚。

以前家裡的開銷一直是靠阿爸上班的薪水支撐，阿母則專心忙家務。
阿爸去世後，阿母借了些錢，開了一間店，白天做做小生意；
晚上則幫人修改衣服，賺取微薄的工錢。
沒多久開始有人上門，勸阿母改嫁，但阿母理都不理。
有次她甚至拿起掃帚把媒人趕出門，從此不再有媒人敢進家門。
阿母只是個平凡的婦人而已，卻打定主意要獨力撫養我和阿弟。
然而阿爸才去世兩年，阿母卻好像老了十歲。

阿母的臉似乎歷盡滄桑，眼神空洞，切菜時心神恍惚。
她或許突然想起阿爸、或許煩惱將來的日子該怎麼過、
或許煩惱如何撫養我和阿弟長大成人、或許煩惱家裡的債務……
承受了巨大的悲傷之後，阿母不僅沒時間療傷，還得更加堅強。
阿母是如此堅強，我竟然跟她嘔氣了兩年，我深覺愧惶無地。

在淚水流至唇邊的瞬間，我覺得我突然長大了，而且我也必須長大。
我不知道我的叛逆期從何時開始，但我很確定它已經在16歲結束。
我16歲了，應該幫阿母挑起家裡的擔子。

「我過幾天就搬回家。」吃晚飯時，我說：「以後通車上學。」
「通車要花兩個多小時，妳不是說會耽誤唸書嗎？」阿母說。
「我可以在車上看書。」
「可是這樣的話，妳以後就得很早起床。」
「沒關係。」我說，「早起身體好。」
阿母沒再多說，只是叮嚀我吃完飯後早點坐車回高雄。

吃完飯後，我起身收拾碗筷。
「放著吧。」阿母也起身，「我來就好。」
「這是我應該做的。」我說。
我和阿母並肩在流理台洗碗，我們都沒說話，只聽見嘩啦啦的水聲。
「阿母。」過了一會，我終於開口：「對不起。」
阿母身軀一震，停止洗碗的動作。

「阿母。」我又說,「對不起。我以前不懂事。」

「不要這麼說。」

「阿母。」我的視線漸漸模糊,「真對不起。請妳原諒我。」

「傻孩子。」阿母說,「跟阿母有什麼好對不起的。」

「阿母……」我已經哽咽。

「別說了。」阿母說,「快把碗洗完,然後去坐車,太晚回去不好。」

「嗯。」我點點頭。

我和阿母洗完了碗盤,但還是並肩站在流理台前,也忘了關水龍頭。

高中快畢業時,我認真思考要不要繼續升學這個問題。

家鄉很多女孩高中畢業後就開始工作,我想我應該也得去工作。

而且我家境不好又有債務,阿弟還小,阿爸也去世了,

如果我繼續唸書的話,阿母的負擔就太沉重了。

「阿母。」我決定了,「高中畢業後我就去找工作。」

「說什麼傻話?」阿母說,「妳成績好,當然要唸大學。」

「呀?」我吃了一驚。

「如果妳不繼續唸書,妳阿爸一定會責怪我。」

「可是……」

「靜慧。」阿母的語氣很堅定,「阿母一定會讓妳繼續唸書。」

經過幾個月的苦讀,我很幸運考上大學。

上台北唸書那天,阿母幫我整理好行李,交代我要照顧好自己。

阿母陪我在車站等車,我要坐車去高雄,再從高雄搭火車北上。
「妳身上這件衣服穿好多年了,已經很舊了。」阿母摸摸我衣角,
「上台北後記得去買幾件漂亮的衣服穿,別省錢。」
「我人長得漂亮,穿什麼衣服都一樣。」我笑了笑。
「傻孩子。」阿母從皮包掏出一些錢塞進我手心,「像妳這種年紀的
　女孩,就該穿漂亮衣服。」

我把錢又塞進她的皮包,但阿母執意要給,在互相推拉之間,
我順勢握住阿母的手,不讓她再有機會掏錢。
然後我和阿母手牽著手,不再說話,靜靜等車。
「阿母。」車子進站後,我說:「我會好好唸書,妳也要保重身體。」
「妳已經長這麼大了,又要去唸大學。」阿母說,「妳阿爸知道的話,
　一定會很驕傲。」

我上了車,放好行李,選了靠窗的位置坐下。
透過車窗,我看見阿母依然站在原地望著我,眼神盡是不捨。
車子動了,我滿臉笑容朝阿母揮揮手。
當阿母消失在我視線的瞬間,我終於忍不住,眼淚滑落下來。
阿母的身形是如此瘦小,真不知道這幾年她是如何熬過來。

大學剛畢業時,文賢成為我的男朋友。
「有空帶男朋友回家來玩。」阿母說。
文賢先帶我回家看他阿嬤,我本想過陣子輪到我帶他回家看我阿母。

不過文賢快當兵了，我想等他退伍後再說，於是便耽擱了。
我第一次帶他回家看阿母，是在他退伍後一個月。

阿母花錢請人辦了一桌很豐盛的菜餚，把剛升上大三的阿弟叫回家，
甚至還把幾位叔叔、姑媽、阿姨、舅舅請來。
「只是男朋友而已，怎麼搞得好像是辦桌請女婿一樣。」阿姨笑著說。
席間文賢很緊張，畢竟這種陣仗彷彿是一堆長輩在幫阿母鑑賞女婿。
阿母這麼慎重的作法，讓我哭笑不得。

「阿母。」我偷偷問她，「妳覺得文賢這個人如何？」
「妳喜歡就好。」她回答，「阿母沒意見。」
「阿母。」我很想知道她的看法，「說說看嘛。」
「阿母真的沒意見。」她說，「如果妳喜歡他，阿母就覺得他很好。」
一直到現在，阿母從未說過文賢具體的優缺點。

阿母一直催促我快嫁人，但我和文賢交往了九年後才結婚。
結婚當天，文賢一大早便開車來我家迎娶我。
按照習俗，我和文賢穿著禮服向阿母下跪。
雙膝一碰地，我莫名其妙熱淚盈眶，阿母也很激動，頻頻拭淚。
阿母想開口說話，卻說不出話來。

旁人勸阿母應該開心，不要哭了。阿母定了定神，對文賢說：

「靜慧這孩子，個性雖然倔強，但人非常善良又很懂事。靜慧她阿爸
　過世的早，我又很憨慢賺錢，她的日子過得很苦，我很對不起她。
　文賢，我拜託你以後一定要讓她吃好穿好，不要讓她吃苦，要好好
　對待她。我給你拜託，拜託你以後好好對待靜慧，拜託你。」
「媽媽妳不要這麼說。」文賢很惶恐，「我一定會好好對待靜慧。」
「阿母。」我淚如雨下，俯下身磕了個響頭，哽咽說：「阿母。」

阿爸，阿母今年58歲了，雖然不再年輕，但依舊很堅強。
阿爸，沒有阿母的堅強，我和阿弟不知道會變成什麼樣子。
阿爸，請你放心，我和阿弟一定會好好孝順阿母，不會再讓她受苦。
阿爸，請你放心。

◆　◆　◆　◆

「阿爸，你看到前面的寺廟了嗎？那就是西如寺。阿爸，你以後會在
　西如寺聽聽佛經，順便可以修行，我會常常來看你。阿爸，我已經
　嫁人了，也生了個男孩，你應該會很開心吧。阿爸，西如寺到了，
　我們要下車了。阿爸，你要跟好哦。阿爸，要跟好哦。」

阿爸，那個世界上最幸運的男生在我大四時出現，他叫文賢。
我和他的名字合起來，就是文靜而賢慧。

我上台北唸大學的第一個念頭，就是盡量不要跟阿母拿錢。

大學四年我都住在宿舍，三餐以在學校餐廳解決為原則，因為便宜。

除了偶爾自己一個人坐公車到市區逛逛外，我幾乎不出門去玩。

系上為大一新生辦的迎新活動，我沒參加。

班上四年來所辦的班遊，我一次也沒參加。

有些同學因此說我不合群，我覺得很抱歉，但只能請他們多包涵。

如果你看過我阿母那雙飽經風霜的手，你應該可以理解我的不合群。

我很認真唸書，因為成績好的話，申請獎學金會比較容易。

每學期的學費我申請了助學貸款，打算畢業後開始工作時再還這筆錢。

我也在系辦當工讀生，每個月可以領幾千塊工讀金。

雖然談戀愛是大學必修學分，但我對交男朋友沒興趣，也沒有時間。

為了杜絕不必要的困擾，遇到異性時，我總是板著臉。

大二上時，有天我正在系辦工讀，有個學長偷偷塞張紙條給我。

我低頭一看，紙條上面寫著：

「我願意用一萬年，等待妳初春暖陽般的綻顏一笑。」

我抬頭看了看他，是個很有自信的男孩，髮型和穿著都很帥氣。

「就是因為你沒有一萬年，所以你才願意。」我說。

「嗯？」他似乎嚇了一跳。

「如果你真有一萬年，你才不願意只用來等待我的笑容。」我說，

「這段文字很動人，但情感完全不真誠，哪有人用自己根本沒有的

東西來換得自己想要的東西。這段話應該要改幾個字。」
「這……」學長欲言又止。
「如果把一萬年改成一小時，然後很真誠的，靜靜等待女孩的笑容，
　我想女孩應該會很感動。」我把紙條還給他，「給你做個參考。」
他滿臉尷尬，拿了紙條後立刻轉身離開系辦。

從此以後，系上同學便幫我取了個外號 —— 鐵板妹。
意思是只要是想約我的人，都會踢到鐵板。
這個外號對我而言是護身符，可以抵擋系上男同學的追求。
但校內的男同學很多，校外的男生更多，他們並不知道這個外號。
幸好我從不參加活動、也沒加入社團、又住宿舍、很少出門、
空閒時間大部分用來工讀和唸書，所以認識異性的機會非常少。
即使如此，我偶爾還是會碰到追求者。

大三上時有個男孩子每晚等在宿舍門口送花給我，我總是搖頭拒絕。
只要我一搖頭表示不能收下花，他便笑一笑，把花隨手一丟。
然後他會將雙手插進褲子口袋，轉身離去，頭也不回。
他每晚都來，而且花朵的數目越來越多。
一直到第七晚，我終於忍不住了，在他轉身要離去時叫住他。
「有事嗎？」他停下腳步，轉身面對著我，微微一笑。

「你父母賺錢不容易，別這麼糟蹋錢。」我說，「或許你認為這樣做
　很酷很瀟灑，但這種行為反而暴露出你的致命缺點。」

「什麼缺點？」他臉上仍然掛著笑。

「不珍惜花的人，大概也不會珍惜像花一般的女孩。」

「這……」他的笑容僵了。

「以後耍帥時請記得這點。」我說，「給你做個參考。」

第八晚那個男生就沒出現了，我終於鬆了一口氣。

大四下時，我們這個學院辦了一個校外參訪的行程。

參加對象是院裡五個系的大四生，而且免費，我便參加了。

中午用餐時，十個人一桌吃合菜，基本上每桌的學生都是同系，

但我這桌還坐了一個外系的男生。

菜色中有一道是魚，當有人翻魚打算吃另一面時，我不禁叫了一聲。

「靜慧。」室友坐我旁邊，問：「怎麼了？」

「在我的家鄉，吃魚時絕對不能翻魚。」我說，「這是忌諱。」

「這忌諱我知道。」翻魚的男生笑著說，「聽說翻魚會翻船是吧。」

「翻魚會翻船？」另一個男生笑了，「這太扯了，比扯鈴還扯。」

「鐵板妹住鄉下，本來就會有很多迷信和忌諱。」第三個男生也笑了，

「不過我們已經翻了這條魚，那麼到底哪一條船會翻呢？」

「這裡很多桌都翻了魚，明天報紙的頭條大概是一堆船都翻了吧。」

第四個笑的人是女生，她是我們班班代。

「我再把魚翻回來就行了。」翻魚的男生又翻了一次魚，「啊？船本來

翻了，結果又翻回來了，沒事沒事，虛驚一場。」

他說完後，幾乎所有人都笑了起來。

「夠了！」
那個唯一的外系男生左手用力拍桌子，桌上碗盤發出鏗鏘一聲巨響。
我們這桌所有人都嚇了一跳，笑聲突然停止。
連隔壁桌也投射過來好奇的眼光。

「你們知道討海為生的人的心情嗎？」
拍桌的男生臉色鐵青，語氣雖然平穩，但似乎正強忍著怒氣，
「在茫茫大海中，生命是很脆弱的。毫無預警突然襲來的風浪、遇到
　未知的暗流，都有可能讓船翻了。一旦翻船，便得葬身大海，那麼
　在家中苦苦等待自己平安返航的妻兒該怎麼辦？」

「你們知道在家中等待丈夫或父親歸來的妻兒的心情嗎？」他又說，
「船隻即將入港的時分，她們會到碼頭邊引頸翹望。只要時間晚了，
　她們便滿臉恐慌，嘴裡喃喃自語：媽祖保佑。如果船隻平安入港，
　碼頭上到處都是丈夫一手牽著妻子、一手緊抱著孩子的歡樂景象。
　對捕魚人家而言，滿載是其次，平安歸來才是最重要的。」

「只要親人在海上，家人便提心吊膽，偏偏親人一年到頭都在海上。
　每當看到魚，便直接聯想到船，捕魚人家最擔心翻船，因此吃魚時
　根本不敢翻魚，怕引發出心裡最深層的恐懼。住海邊但不捕魚為生

的人可以體諒這種心情，所以他們也不會翻魚。久而久之，便形成
住海邊的人吃魚不翻魚的忌諱。雖說是忌諱，但其實是一種心情，
一種希望自己平安入港看見妻兒以及希望親人平安歸來的心情。」

「你們知不知道你們正在嘲笑這種心情？你們知道嗎？」
他似乎坐不住了，站起身說：「這種心情很可笑嗎？很可笑嗎？」
他越說聲音越大，說到後來左手已握緊成拳頭。
「幹！」
他左手重重搥了一下桌子，下了一個字的結論，然後轉身就走。

我們這桌的氣氛變得很尷尬，大家面面相覷，沒人繼續動筷子。
過了一會，我打破僵局把碗中的飯吃光，再喝了半碗湯，
跟室友說聲我吃飽了後，隨即站起身離席。
走出餐廳，四處看了看，遠遠看見那個外系男生坐在樹下。
我猶豫了一下，決定向他走過去。
「你住海邊嗎？」我在他身旁兩步坐下，問。
正注視前方的他吃了一驚，轉頭看著我。

「是的。」他說，「但我家裡不捕魚。」
「我也住海邊。」我說，「而且我家也不捕魚。」
「真巧。」他笑了笑，「我們都是家裡不捕魚的海邊人。」
「但我不會罵髒話。」
「抱歉。」他臉紅了，「我忘了還有女生在場。」

「我同學沒有惡意，只是開玩笑而已。」我說。

「我想也是。」他嘆口氣，「我剛剛太衝動了。」

「不過你說的對，吃魚不翻魚表面上是忌諱，但其實是一種心情。」

「妳也這麼覺得？」

「嗯。」我說，「以前不覺得，但現在相信這不是忌諱，而是心情。」

然後我跟他說起以前我鄰居阿姨的故事。

我還在唸國小時，有天晚上鄰居阿姨突然來訪，滿臉驚慌。

她說丈夫的船傍晚就該進港，但天已黑了卻還沒回來。

阿爸叫阿母陪著她，然後說他去港口打聽一下，要她別心急。

但阿爸直到深夜才回家，而她丈夫的船始終沒進港。

「怎麼辦？」阿姨哭了起來，「怎麼辦？」

阿爸叫我和阿弟去睡覺，他和阿母陪著阿姨等消息。

幾天後，終於確定阿姨丈夫的船發生船難，但沒有發現遺體。

船難通常都是這樣，因為大海茫茫很難找到遺體。

妻子即使接受丈夫已死亡的事實，但總不免抱著一絲絲丈夫也許獲救、

也許漂流至孤島的渺茫可能。

一年後，阿姨帶著三個孩子改嫁，最大的孩子才7歲。

「在我家鄉，偶爾也會聽到類似的故事。」他聽完後說。

「你能把吃魚不翻魚當作一種心情，我很佩服。」我說。

「哪裡哪裡。」他很不好意思，「對了，我先自我介紹，我叫蔡文賢。」

文章的文、賢能的賢。」
「我叫張靜慧。」我說，「文靜的靜、賢慧的慧。」
「真的嗎？」他很驚訝，「我們的名字合起來就是文靜而賢慧耶。」
　我也大吃一驚。

這些年如果碰到要自我介紹的場合，我總說我是文靜的靜、賢慧的慧。
因為阿爸說過，文靜而賢慧是我名字的涵義。
我從未想過，有天會遇上文靜的文、賢慧的賢。
阿爸，這是你挑選的人嗎？

「我聽到他們叫妳鐵板妹。」他問，「妳很喜歡吃鐵板燒嗎？」
「嗯？」突然想起阿爸，我心神有些恍惚，「不是這個意思。」
「那他們為什麼要叫妳鐵板妹呢？」
「我系上的同學都知道這外號的意思，你隨便問個人就知道了。」
「喔。」他也許覺得碰了個軟釘子，應了一聲後便不再說話。

雖然認為這個男生不錯，但這幾年我早已習慣全副武裝面對異性。
剛剛我的回話幾乎來自反射動作，我因而感到有些內疚。
「上車的時間到了。」他看了看錶，隨即站起身，「走吧。」
「嗯。」我也站起身，然後說：「人家叫我鐵板妹是因為……」
我想解釋這外號的由來，卻難以啟齒。
「沒關係。」他笑了笑，「我會去問妳們系上的同學。」

「不過別問跟我們同桌吃飯的人。」我說。

「沒錯。」他又笑了,「他們應該會想打我吧。」

「你知道就好。」我竟然也笑了。

但他不知道,要我對還算陌生的男孩微笑,是件多麼艱難的事。

兩天後的下午,當我剛下課走出教室時竟然看見他,我嚇了一跳。

「抱歉。」他說,「我打聽了妳上課的時間和教室,所以來等妳。」

「請問有事嗎?」我問。

「我知道為什麼妳叫鐵板妹了。」

「你是專程來告訴我這件事嗎?」既然知道我是鐵板,你還來踢?

「不。」他說,「我剛好有兩張電影票,想請妳一起去看電影。」

「如果你去買了兩張電影票,那麼你就會有兩張票。」我說,

「這怎麼能叫『剛好』有兩張票?」

「妳說的對,這不是剛好,我是因為想請妳看電影所以才買兩張票。」

他問,「請問妳這個星期六下午有空嗎?」

「這……」我有些遲疑。

「唉唷。」他突然彎下身撫摸小腿。

「你怎麼了?」

「我踢到鐵板了。」他笑了笑。

我楞了楞,隨即會意過來,但我不知道該如何反應?

「如果妳剛好有空，如果妳剛好不介意，請妳跟我一起看電影。」
他又笑了笑，「這時候就可以用『剛好』了。」
我看了看他，猶豫著要不要拒絕？或是該怎麼拒絕？
「請妳看在我們剛好是文靜而賢慧的面子上，一起看場電影吧。」
我不再猶豫，緩緩點了點頭。

一直到現在，我還是搞不懂當時我為什麼會答應？
阿爸，你一定偷偷幫了文賢。對不對？

星期六那天下午，我們約在一間百貨公司的樓上看電影。
電影院在百貨公司頂樓，坐電梯到最上層後，還有座向上的手扶梯。
要跨上手扶梯時，我突然想起阿爸，剛抬起的左腳晃了晃，
身體快失去重心。
「小心。」
他抓住我的手，稍微拉了一下，我的左腳便平穩地踏在手扶梯上。

他手掌的溫度像阿爸一樣溫暖，就是那種溫度，那是阿爸的溫度。
我的視線開始模糊，我拚命忍著，絕不能掉下淚。
「抱歉。」他看見我的神情，嚇了一跳，「我不是故意要拉妳的手。」
他一直道歉，我一直搖頭跟他說不是這樣的、不是這樣的。
那天的電影是喜劇，我卻像看了一場悲到底的悲劇電影。
阿爸，那時你一定也在場。對不對？

文賢雖然容易衝動，但並不魯莽，個性也很細心體貼。

他知道我的生活習慣後，會陪我去餐廳吃飯，下課後陪我走回宿舍。

「我明天還可以跟妳一起吃飯嗎？」到了宿舍門口，他總會問。

「嗯。」我點點頭。

「感恩。」他笑了。

我們的交往雖然平淡，但每天都有一點點進展，坦白說我很喜歡他。

看完電影兩個月後是畢業典禮，典禮結束後他來找我，帶了五束花。

祝賀畢業的花束通常很大，他只得兩手腋下各夾一束，雙手環抱三束。

他走路的樣子很狼狽，像某些零件故障且電池快沒電的機器人。

「這麼多人送你花呀。」我很驚訝。

「這些花不是別人送我的。」他從花束間探出臉，「很多人嫌麻煩，
　不想把花帶回家，便隨意丟棄。我覺得很可惜，所以……」

「這麼多束花，你怎麼帶回去？」

「我沒想過這個問題耶。」他笑得有些尷尬，「我只是覺得這些花
　很漂亮，如果不好好珍惜，花會很可憐的。」

那瞬間，我知道我已遇見了阿爸所說的，世界上最幸運的男生。

因為懂得珍惜花的人，一定也會珍惜像花一般的女孩。

「你缺女朋友嗎？」我問。

「什麼？」他似乎嚇了一跳。

「你缺女朋友嗎？」我又問一次。

「很缺啊。」

「那我做你的女朋友好嗎？」

「當然好啊。」他笑得很開心。

文賢畢業後兩個月要去當兵，而我畢業後半個月便找到工作。

當兵前兩個禮拜，文賢帶我回他家去看他阿嬤。

從他家回台北後隔天，他對我說：「我阿嬤要我們早點結婚。」

「呀？」我大吃一驚，「我們才認識幾個月而已耶。」

「我知道。」他說，「不過阿嬤說如果我們認識越久，對我越不利。」

「怎麼說？」

「因為妳認識我越久，越會發現我的缺點。」他笑了。

我知道文賢是開玩笑的，但無論如何，我六年內不可能結婚。

我大學剛畢業，阿弟也準備升大一，他得唸四年書再加上兩年兵役。

等阿弟可以真正獨立自主了，我才可能考慮結婚。

大學四年來的助學貸款，我欠了政府十幾萬，我得先還這筆錢。

我也得幫阿弟繳學費和生活費，更得幫阿母償還家裡的債務。

在未來的六年內，我一心只想在台北努力工作賺錢。

畢業後這六年來，阿母、文賢的阿嬤、甚至阿弟都催促我快點結婚，

文賢反而從沒催過我。

因為我說過了，文賢是個細心體貼的人。

六年工作下來，助學貸款早已還清，家裡的債務也償還了一大半。

不過阿弟退伍後又考上研究所，還得再唸兩年書。

「可不可以……」我看著文賢，吞吞吐吐，「再等我兩年？」

「什麼？」他睜大眼睛，叫了一聲，「再等兩年？」

「很抱歉。」我低下頭，輕聲說：「阿弟剛考上研究所……」

「我是開玩笑的。」他笑了起來，「阿嬤說像妳這樣的好女孩，等了
　　八輩子都未必等得到。現在我只需等八年，很划算。」

「謝謝。」我很感動，「我真的很抱歉。」

「傻瓜。」文賢笑了笑，摟了摟我的肩膀。

阿弟研究所畢業後到新竹上班，一個月後他從新竹跑來台北找我。

「阿姐。」阿弟很興奮地攤開一本銀行存摺，「妳看。」

我湊近看了看，有一筆幾萬塊的薪資入帳。

「我已經開始賺錢了喔。」阿弟的語氣依舊興奮。

「很好。」我說，「不過工作要好好做，要腳踏實地，要努力……」

「阿姐，我知道。我一定會努力工作。」阿弟打斷我，「我只是想說，
　　妳可以跟文賢哥結婚了。」

「這個嘛……」

「阿姐。」阿弟說，「我很抱歉拖累了妳，讓妳遲遲不能結婚。現在
　我已經開始賺錢了，請妳快點結婚吧。」
「我不結婚不是因為你。」我說，「我是因為想當老處女才不結婚。」
「阿姐30歲了，確實算是老女孩。」阿弟說，「但妳還是處女嗎？」
「阿弟！」我臉頰發燙，叫了一聲。
阿弟哈哈大笑，沒想到阿弟26歲了，還是像小時候一樣調皮。

「阿姐。」阿弟停止笑聲，拉著我的手，「這些年來辛苦妳了。」
「唉呀，說這些幹嘛。」
「阿姐。我唸大學和研究所時的所有花費，都是用妳辛苦賺來的錢。
　我真的很感謝妳。我……」阿弟的眼眶紅了，「阿姐，多謝妳。」
「我們是姐弟，不要說客氣話。」
「阿姐。」阿弟揉了揉眼角，「阿姐……」

阿弟雖然長大了，但他現在這樣子讓我想起阿爸剛過世那幾個月。
那時阿弟常在半夜哭著醒來，跑到我床邊把我搖醒。
「阿姐。」阿弟邊哭邊揉眼睛，「阿爸去哪裡了？」
我只能強忍悲痛，擠出笑容，溫柔地拍拍他的背安撫他。
然後抱著他入睡。

阿爸，那個常在半夜哭醒的小孩終於長大了。
阿爸，阿弟開始工作賺錢了，你一定很開心吧。

阿弟唸研究所那兩年，我幾乎已幫阿母還清所有債務。

或許真的到了可以結婚的時候了。

阿弟回新竹後隔天，文賢約我吃飯，我想順便問問文賢的想法。

「可不可以再等一年？」文賢說。

「嗯？」我微微一楞，「為什麼？」

「妳阿弟才剛開始工作，我們再等一年，等他穩定了再結婚。」

我突然覺得，世界上最幸運的人不是他，而是我。

阿弟工作滿一年後，有天夜裡文賢來找我。

「靜慧。」他一開口便說，「請妳嫁給我吧。」

「我只有一個條件。」

「什麼條件我都依妳。」

「請你答應我，你一定……」我哽咽了，「你一定要活得很久很久。」

「我答應妳。」他用力點頭，「我會不擇手段、死皮賴臉地活下去。」

認識文賢九年後，在我31歲那年秋天，我和他終於結婚。

今年我34歲，年初我的孩子 —— 小傑誕生，現在已經七個多月大，

而我和文賢也剛好結婚滿三年。

阿爸，阿母總說我眼睛像你，而文賢說小傑的眼睛像我。

那麼小傑的眼睛應該很像你吧。

阿爸，你一定很想看看小傑。對不對？

阿爸，你一定也想看看文賢。對不對？

✦　✦　✦　✦

「阿爸，前面有棵禿樹，過了禿樹要左轉。阿爸，我們左轉了，進入
　一間三層樓的殿宇，你要跟好。阿爸，這裡有樓梯，要爬上樓梯到
　二樓。阿爸，我們在爬樓梯了，你要跟好。阿爸，已經到二樓了，
　接下來要左轉，你要跟好。阿爸，我們左轉了，前面是一條走廊，
　走廊上有尊地藏菩薩。阿爸，走到這個走廊盡頭時要右轉。阿爸，
　我們右轉了，你要跟好。阿爸，我們到了。阿爸，我們到了。」

法師引領我們在西如寺內行走，沿路上我仍然不斷叫阿爸跟好。
終於到了安置骨灰的靈骨塔，我們才停下腳步。
當法師伸手要接下我懷中的骨灰罈時，我突然很不捨。
「阿爸。」我低頭叫了一聲，眼淚同時滑落。

阿爸的骨灰罈端正擺放好後，我們三人雙手合十拜了拜。
我想再跟阿爸說些話，但一句話也說不出來，才剛止住的眼淚又滑落。
「靜慧。」阿母低聲叫我，「我們走吧。」
「嗯。」我點點頭，擦了擦眼角。

往回走的路上，經過地藏菩薩的佛像前。
「跟地藏菩薩上炷香吧。」阿母說，「求菩薩保佑妳阿爸。」
我們三人各點了炷香，跪在菩薩面前。我在心裡默唸：

「信女張靜慧，參拜地藏菩薩。信女的阿爸叫張仁祥，民國40年四月
　初八酉時生。現在阿爸的骨灰安置在這，求菩薩度化，使阿爸免受
　輪迴之苦，往生西方極樂。感恩菩薩。感恩。」

我和阿弟同時站起身，但阿母仍跪在地上，口中唸唸有詞。
我等了一會，直到阿母的眼角開始有淚光，神情也開始激動。
「阿母。」我低聲說，「菩薩一定會保佑阿爸。」
我和阿弟一左一右扶阿母起身，然後下了樓梯，離開這座殿宇。

來西如寺的一個多小時車程裡，我幾乎回顧了我的一生。
人們總說人生無常，我現在才有深刻體會。
「靜慧。」阿母說，「我想交代妳一件事。」
「什麼事？」
「以後我死了，妳把我燒一燒，骨灰也放在西如寺。」
「阿母。」我皺了皺眉，「現在說這個太早了。」

「人生是很難講的，妳阿爸還不是說走就走。」阿母嘆口氣。
「阿母……」
「人一定都會死，只是早晚而已。」阿母說，「總之妳一定要記好。
　知不知道？」
「嗯。」我點點頭。
「這樣我就放心了。」

開車回家的路上，我們三人不約而同，都講起阿爸生前的種種。
我們三人印象最深的部分都不太一樣，不過這樣反而更好，
可以拼湊出更完整的阿爸。

「死去的親人或愛人會化身成蝙蝠，飛回家看他生前所掛念的人。」
我突然想起那個蝙蝠的傳說，便問：「阿母，妳聽過這種傳說嗎？」
「我曾聽老一輩的人說過。」阿母說。
「真的嗎？」我眼睛一亮。
「嗯。」阿母點點頭。

「那麼阿爸過世後，有蝙蝠飛進家裡嗎？」我問。
「有呀。難道妳忘了嗎？」阿母似乎很疑惑，「那時妳看到蝙蝠後，
　哭了好久，怎麼安慰都沒用，妳只是一直哭。」
「呀？」我大吃一驚，「我看到蝙蝠應該是阿爸生前的事吧。」

「不。」阿母搖搖頭，「那是妳阿爸過世後的事。」
「可是……」我因驚訝以致結巴，「我記得是……」
「妳記錯了。」阿母很篤定，「那隻蝙蝠是在妳阿爸過世後一個禮拜
　飛進家裡。我不會記錯，因為我也看到那隻蝙蝠。」

原來我看到蝙蝠不是阿爸生前的事，而是阿爸過世後一個禮拜。
那麼我第一次親眼看見的那隻蝙蝠，是阿爸的化身？

難道阿爸也變成蝙蝠，飛回家來看我？

「妳阿爸剛過世時，我覺得我可能會撐不下去。」阿母說，「我甚至
　想過乾脆我也去死，但我始終放不下妳們姐弟。一個禮拜後，蝙蝠
　飛進家裡，我問蝙蝠我該怎麼辦？牠告訴我牠很抱歉，請我一定要
　堅強，一定要把孩子養大。」
「蝙蝠告訴妳？」我很驚訝，「可是……」
「傻孩子。」阿母笑了笑，「那隻蝙蝠就是妳阿爸呀。」
阿母似乎想起了20年前那隻蝙蝠，臉上的神色很安詳。

「阿母。」我問，「妳相信那個傳說？」
「不管是不是傳說，如果沒有那隻蝙蝠，我就沒有勇氣和力量活下去，
　當然也就不可能把妳們養大成人。」
阿母跟文賢和阿嬤一樣，打從心底相信蝙蝠的傳說。

我突然對蝙蝠的傳說有了深一層的體會。
阿爸過世後，阿母心裡覺得阿爸會很擔心她，也會擔心我和阿弟。
於是阿母很想讓阿爸知道，她一定會堅強，一定會把我們姐弟帶大。
阿母相信蝙蝠是阿爸的化身，所以才對蝙蝠傾訴，想讓阿爸放心。
其實所有的勇氣和力量，是阿母自己所產生。

「靜慧。」阿母又說，「妳知道妳看到那隻蝙蝠時說了什麼嗎？」

「我有說了什麼嗎？」我很納悶。

「妳一面大哭，一面叫著阿爸。」阿母說。

「我完全沒印象。」我大吃一驚，「我以為我嚇得說不出話來。」

「可能是那時妳還小，所以不記得。」阿母說，「妳阿爸過世之後，妳從不哭出聲音，我想依妳的個性，應該是只會偷偷掉眼淚。可是看到蝙蝠後，妳竟然大聲哭了起來。我那時心想，妳也許知道那是阿爸回來看妳，所以才會大哭。」

過去20年來，我一直以為阿爸過世後我從不哭出聲音，
原來我早已因為那隻蝙蝠而痛哭失聲。

「靜慧。」阿母說，「妳阿爸曾經化身成蝙蝠回來看妳，所以妳不必因為在阿爸往生前沒見到他最後一面而覺得終身遺憾。知道嗎？」

「阿母……」
這20年來的遺憾和悔恨，早已成為深深插進我心頭的利刃。
沒想到阿爸曾經回來過，阿爸曾經化身成蝙蝠回來看我。
我突然哭了出來，而且越哭越委屈、越哭越大聲。

「傻孩子。」阿母輕拍我的背安撫。

我終於明白了。
無法見亡者最後一面，生者一定會終身遺憾和悔恨；

而且生者會認為亡者也一樣遺憾和悔恨。

當蝙蝠飛進家裡，生者和亡者見了面，就不會再有遺憾和悔恨了。

文賢說的沒錯，那個關於蝙蝠的傳說和吃魚時不翻魚的忌諱一樣，

其實也是一種心情，一種想要撫慰生者和體恤亡者的心情。

這20年來一直讓我耿耿於懷的事，如今終於釋懷。

我們回到家時，大約快是晚飯時分。

我和阿母趕緊到廚房忙碌，簡單弄了幾道菜。

阿弟和文賢在客廳聊天，小傑在搖籃裡睡覺。

吃完晚飯後，阿母說要帶阿弟出門去買點家鄉的特產送給他女朋友。

「唉唷，不用啦。」阿弟說，「幹嘛那麼客氣。」

「不然你帶她回家來玩。」阿母說。

「好。」阿弟馬上起身，「阿母，我們出門去買吧。」

「嗯？」阿母微感驚訝。

「我見識過以前姐夫第一次來我們家時的陣仗。」阿弟笑了笑，

「我可不想帶她回家，把她嚇死。」

阿母笑罵了一聲，隨即跟阿弟出門。

我抱著剛喝完奶的小傑，跟文賢一起坐在客廳。

客廳的牆上掛著阿爸的遺照，那是阿爸過世前幾年拍的。

拍照時阿爸的年紀應該跟現在的我差不多大吧。

將來我會老，但不管我變得多老，阿爸永遠像照片中那樣年輕。

我凝視著阿爸的照片，突然壓克力護貝上反射了一個移動中的影像。
我抬頭四處看了看，竟然看見一隻蝙蝠！

蝙蝠在空中快速盤旋繞圈，但經過阿爸遺照時卻放慢速度。
也許是因為腦海中還殘留著剛剛凝視阿爸時的影像，
也許是因為蝙蝠剛好經過阿爸，也許是因為我的視線漸漸模糊……
我彷彿看到了阿爸，不是平面的阿爸，而是立體的阿爸。

「妳阿爸來看妳了。」文賢的表情有些尷尬，「但如果妳會害怕，
　那……那我只好趕走牠了。」
「你瘋了嗎？」我雖然笑了笑，眼淚卻竄出眼角奔流至唇邊，
「那是你岳父耶。」

「阿爸。這就是那個世界上最幸運的男生，他叫文賢，我和他合起來
　就是文靜而賢慧。」我牽著文賢的手，「我們在三年前結婚，文賢
　一直對我很好，我過得非常幸福，請你放心。」

我抬起頭對著蝙蝠說話。
不，那不是長相噁心的蝙蝠，那是我阿爸。
那是喜歡溫柔地摸摸我的頭的阿爸，那是我20年沒見的阿爸。

「阿爸。這是你的外孫。」我讓懷中的小傑坐直,並把他的臉轉正,
「他叫小傑,現在七個多月大,眼睛很像你。」
「阿爸。阿母很好,阿弟也很好,請你不要擔心。阿爸,我們已經求
　地藏菩薩度化你,你要在西如寺好好聽經、好好修行哦,不要再有
　牽掛。阿爸,阿爸,阿爸……」

蝙蝠俯衝而下,逆時針繞過我和文賢的面前,再拉起身往上飛。
在空中盤旋兩圈後,又俯衝而下,順時針繞過文賢和我。
然後從半開的窗戶飛出去。
最後消失在夜空中。

求人之水

朝顏生花藤
百轉千迴繞釣瓶
但求人之水

　　　　　　——加賀千代女

朝顏生花藤
百轉千迴繞釣瓶
但求人之水

　　　　　～加賀千代女・俳句

1.

一個很平常也很典型的假日下午，我窩在沙發看電視。
連續看了兩部已重播 n 遍的港片後，我開始在頻道間跳躍旅行。
始終找不到一個可以暫時停下腳步歇息的頻道，我乾脆關了電視。
好無聊啊，日子再這麼過下去，我大概會變成雕像。

待會晚餐要去哪裡吃？還有要吃什麼呢？
雖然每天晚上我想吃什麼就吃什麼，完全是我的自由；
但每晚都自由的結果，最後便覺得這種自由很煩，甚至會不想吃飯。
還好不必擔心跟誰一起吃的問題，因為我都是一個人吃晚飯。
不過如果開始煩惱每晚該跟誰吃飯，應該是件幸福的事吧。

去洗個澡吧。
在出門吃晚飯前找點事做，會讓我覺得人生還在前進，沒有停滯。
『愛我，好嗎？我願意讓傷心再來一遍，只要你留一個位子給我。
　哪怕是在你心中，最容易被忽略的角落。』

我邊洗澡邊唱歌，越唱越大聲，走調了也不會有人笑我。
要擦乾身體時，隱約聽見手機響了，我只穿上內褲便衝出浴室。

「你怎麼不接電話？」
『嗯？』
「我已經打了第三次了。」
『抱歉。剛好在洗澡。』
「原來是這樣。」
什麼叫：原來是這樣？
我不認識妳啊。

這實在很難解釋，總之結論是我真的不認識她。
第一次接到她的電話是一個多月前，之後她偶爾會打電話給我。
頻率不一定，平均而言大約三天一次。
由於並不認識她，每次剛接起電話時總是會遲疑幾秒。
不過她的聲音很好認，我很快便能進入狀況。
一種雖然不認識她但總能簡單聊幾句的狀況。
所以嚴格說起來，我不能算不認識她，因為我認得她的聲音。

該怎麼形容這種聲音呢？
她的聲音很好聽，聽起來很舒服，會讓人全身放鬆。
具體形容的話，這種聲音柔軟而滑潤，帶點慵懶的鼻音，但卻不嗲。
尤其透過手機聽起來，更有種莫名的吸引力，讓人聯想到性感這字眼。

我曾懷疑她是否是視訊聊天的辣妹，而且是很受歡迎的那種。

『請問……』我小心翼翼開口。

「你想知道什麼？」

『不。我只想問妳，有什麼事嗎？』

「沒。只是想知道現在正下著大雨，你沒淋濕吧？」

『下雨了嗎？』我看了看窗外，確實下雨了。

「看來你沒淋到雨。沒事別出門，晚餐到便利商店買個便當就行。」

『謝謝妳幫我想到答案。』

「我也得準備去上班了。」

『喔。』

「你今天不用上班吧？」

『嗯。今天是假日，當然不用上班。』

「在餐廳打工就沒這麼好命，假日還是得上班。」

『喔，原來妳目前在餐廳打工。』

「說什麼呀，我不是早就告訴你了嗎？你老是心不在焉的。」

『抱歉。』

「不說了。我要出門了。」

『嗯。』

「你實在很沒良心，都不會叫我下雨天出門要小心點嗎？」

『喔。請小心。』

「算了。我要掛了。」

『嗯。』

「掛了不好聽。」

『但妳的聲音好聽。』

「是嗎？」她笑了，於是聲音更甜，「謝謝。」

「我得走了。」笑聲停止後，她說：「我出門會小心，你別擔心。」

『其實我沒想過要擔心妳耶。』

「你少來。bye-bye。」

在我考慮該不該也說聲bye-bye時，她掛了手機。

我坐在沙發左思右想，為什麼她總把我誤認為是她認識的那個人？

電話也通了十幾次，她都不會覺得奇怪？

難道我跟她真正認識的那個人很像？

該不會我真的是她認識的人，只是我忘了而已？

這應該不可能吧。

聲音這麼好聽的女孩，如果長得漂亮，我一定死都不會忘；

如果長得不好看，我應該也會有「啊，真是可惜」的印象。

突然打了個噴嚏，才想起自己幾乎是光溜溜的。

趕緊回浴室擦乾身體、穿好衣服，坐著發呆一會。

發呆完後便拿了把傘出門，雨果然很大，這是一場很有魄力的雨。

我緊抓著傘柄，慢慢走到巷口的7-11買個御便當。

「要加熱嗎？」看起來才20歲的女店員問。

『太熱會燙傷我這顆冰冷的心。』

「呀？」

『請加熱。』我說，『謝謝。』

只要看到年輕的異性，我總想跟她多說兩句話，言不及義也沒關係。

我左手撐著傘、右手拿著便當，快到家門口時手機竟然又響了。

我手忙腳亂，先把右手的便當放地上，再把左手的傘交給右手，

空出的左手才可以從左邊褲子口袋掏出手機。

來不及看來電顯示，直接按鍵接聽，然後貼在左臉頰。

「我到了。」

『到了哪裡？』我很納悶。

「剛剛已經說過了呀。」

『喔！』我恍然大悟，『原來是妳。』

「你都沒認真聽我說話。」

『讓我想想看。嗯……』想了五秒後我才回憶起上一通電話的內容，

『是餐廳！妳到了妳工作的餐廳。』

「你如果再這樣，我會生氣的。」

『抱歉。』我說，『請問有什麼事嗎？』

「沒事。只是跟你說一聲我到了而已。」

『這……』

「這什麼這，我怕你會擔心呀。難道說你不會擔心嗎？」
『其實我真的……』
「唉呀，不能說了，得忙了。」她打斷我，然後壓低音量說：
「領班的眼睛抽筋 —— 正瞪著我呢。bye-bye。」
她掛了手機，我又沒說 bye-bye。

沒想到這次不用等三天，只過了半小時她便又打來。
再這樣下去不是辦法，她得知道我並不是她認為的那個人。
其實我老早就跟她說過我不認識她，但她總是不信。
也許只能藉著見個面來澄清這場誤會。

剛開始接到她的電話時，我確實想過藉著見面來澄清這場誤會；
但現在的我卻不希望這誤會冰釋，所以寧可不和她見面。
這並不是意味著我很喜歡她，雖然我對她很好奇，也有一些好感。
我只是很 enjoy 有異性關心我，而且對我似乎頗有好感的狀況。
即使這種狀況只是一場誤會。

我今年35歲，距離跟上一任女友分手時的28歲，已經七年了。
這七年來，我不僅沒再交女朋友，認識的異性更是屈指可數。
我覺得整個人都快枯萎了。
但這女孩的出現卻滋潤了我，讓我的日子不再枯燥。
因此雖然我和她之間有些莫名其妙，我卻捨不得放棄她帶來的溫存。

我知道這樣很自私而且對她不公平，但請再給我一點時間。
我一定會良心發現。

2.

說說我這個人吧。
我是屏東人，在台南求學，大學和研究所唸的是電機。
26歲退伍後一直在南科當電子工程師，到現在已經九年了。
是的，我35歲了，我剛剛說過了，你不必計算26+9。
在我的生命歷程中，一共交過兩個女朋友。

我在大二下認識生命中第一個女朋友，那年我20歲。
我和她同校不同系，在一場聯誼活動中認識，交往了快一年。
那時我既年輕又單純，也不太懂所謂的愛情是什麼。
感覺上只要是比好朋友還要再好一點的異性朋友，就叫女朋友。
現在回想起來，我並不確定我跟她之間是否有愛情成分。

大三下剛開學就碰到情人節，我傻乎乎的跟一群和我一樣傻的男孩，
擠在花店裡搶著買比平常貴好幾倍的紅玫瑰。
我搶到11朵，花了一千多塊，但我毫不心疼而且還很興奮。
我抱著花束跑去找她。她一接過花，便掉下淚來。
『妳怎麼了？』我很得意，臉上卻裝作若無其事。

「我原本決定今天要跟你分手。」她說,「但現在我改變心意了。」
『啊?』第一句話讓我嚇一大跳,還好有第二句。
「我現在決定兩天後再跟你分手。」她破涕為笑,「因為這束花讓我
　很感動,謝謝。我們再當兩天的男女朋友吧。」
這次我就真的嚇得說不出話來了。

簡單地說,我當天就跟她分手了,沒再多等兩天。
我沒問她分手的理由,反正問了也得不到真正的答案。
因為女孩通常會說:你是個好人但我們不適合之類的標準答案。
這種答案既不傷人又可撇清責任,但未必是她們心裡真正的想法。

之後我陸續認識了幾個女孩,但都沒深交。
其中有一個女孩我很感興趣,而她似乎對我也有好感。
可惜那時我快要去當兵,我不希望才剛交到女朋友便因當兵而分開,
也害怕當兵期間女朋友兵變,因此只得作罷。
而那女孩在我當兵後半年就被追走了。

分手後七年,我認識了第二個女朋友,那時我已經工作了快兩年。
我們是經由朋友介紹而認識,她在貿易公司當會計。
但這次的交往只維持了半年。
其實我很珍惜這段感情,也盡可能細心體貼,但我受不了她老是說:
「如果你愛我,你早餐就會吃燒餅豆漿。」諸如此類的邏輯。
這意思是只要我早餐不吃燒餅豆漿,就表示不愛她。

我曾多次跟她溝通，如果她希望我做什麼，請她用平鋪直敘的句子。

比方可以直接說：「我希望你早點睡」、「我希望你明天來」，而不是

「如果你愛我，你就會早點睡」、「如果你愛我，你明天就會來」。

但不管我說了多少次，她依然會說：

「如果你愛我，你就不會叫我使用平鋪直敘的句子。」

坦白說，這種邏輯沒問題。

因為若P則Q成立，那麼若非Q則非P必然會成立。

但重點不是這種邏輯成不成立，而是P與Q之間的關聯吧。

或許我反應過度，但她每次用這種語法時我真的感到很不舒服。

由於不想因為這種小事而吵架，我只能壓抑住不滿。

但這種壓抑法其實很不健康，因為那像是把炸藥往心裡堆積。

炸藥不會消失，只會越來越多、越來越危險。

一旦點燃引信，爆炸的威力將十分驚人。

有天晚上我們在山上看夜景時，她說：

「如果你愛我，你就會為我摘下天上的星星。」

這句話終於點燃了引信。

『如果妳不愛我，妳就會把褲子脫下來。』我說。

「你說什麼？」她嚇了一跳。

『如果妳不愛我，妳就會把褲子脫下來。』我問：『妳要脫褲子嗎？』
她看著我，滿臉驚愕。
『妳看，妳沒把褲子脫下來，所以表示妳愛我。』
「你……」
『如果妳不介意，我以後會常常用這種邏輯跟妳說話。』
她應該很介意，因為看完夜景後我們就分手了。

朋友都說我太衝動了，為這種小事分手非常不值得。
我雖然也後悔自己的衝動，但我那時才28歲，還很年輕，
而且天涯何處無芳草，以後找個用正常句子說話的女朋友應該很簡單。
沒想到過了這個村，就沒那個店，之後整整七年我幾乎跟女孩子絕緣。

幸好我的朋友和死黨不少，日子過得還算充實，不會空虛。
但朋友們一個接一個交了女朋友，然後結婚，我身旁的人越來越少。
終於只剩下我是孤家寡人。

雖然那些結了婚的朋友老說羨慕我這種單身生活的自由，無牽無掛。
可惜這種自由就像飄浮在空中，雖然隨便往哪個方向飄都可以，
但也正因為如此，徬徨、無助、寂寞和空虛會緊緊跟隨。
不信你問問風箏，它喜歡身上有條線？還是線斷了？
當一個人飄在空中久了，會渴望踏在地面的感覺。

我一個人在台南的新市租房子住，沒有室友，也沒有樓友。

下班後的時間，我通常看看電視、上上網、打打電動。

一個人可以從事的戶外活動不多，除了跳樓外，大概就是看電影了。

因此我偶爾會出門看電影。

除了上班、吃飯、看電影會出門外，我想不到還有什麼理由要出門。

如果你可以幫我想到一個，我會很感激你。

剛開始享受一個人的自由時，確實很自在，也覺得世界更遼闊了。

那是一種「沒人管我」的狀態，可以想做什麼便做什麼。

但自由久了便會有「沒人在乎我」的錯覺。

我的存在感開始變得薄弱，而且越來越沒有存在感了。

我很需要一個異性的伴，但我的生活模式很難遇見異性。

老是被動等朋友介紹女孩子給我認識也不是辦法，我只能自力救濟。

今年一月，某個民間團體扮起紅娘，想舉辦一個男女聯誼活動。

「貴死人了。」我看到報名費後，口氣很不屑。

不屑歸不屑，但還是要以大局為重，所以我毅然決然報了名。

這活動持續一整天，共有30對男女參加。

早上去報到時，發現報到處跟廁所一樣，嚴格區分男女。

承辦小姐給了我一個大概只遮住眼部附近的小面具，要我整天戴上。

「絕對不可以把自己的面具拿下，不然就會喪失資格。」她說。

『那麼可以拿下別人的面具嗎？』

「這……」她楞住了。

這規則我當然明白，我只是喜歡跟年輕女孩多說兩句話而已。

為了避免男女只用外貌判斷彼此，才會訂出必須戴上面具的規則。

而且說實在的，會參加這類活動的男女，外貌大概也不出色。

不過一群男女戴上面具聯誼，有時看起來會很像SOD的雜交派對。

我戴上面具，照了照桌上的鏡子，臉遮住快一半，看起來好像蝙蝠俠。

『妳有看見我的夥伴羅賓嗎？』我問。

「嗯？」她又楞住了。

『那我自己去找好了。』我又問：『妳想坐我的蝙蝠車嗎？』

她乾脆裝忙碌，不再理我。

整天的活動下來，不管坐車、吃飯、聊天，30對男女都戴著面具。

我除了跟7個女孩接觸較久外，跟其他女孩都只是蜻蜓點水，

而且連水是熱是冷都搞不清楚。

總會有幾個男生特別受女生歡迎，也會有幾個女生特別受男生歡迎。

能配對成功的，就是受歡迎的男生遇上受歡迎的女生。

不幸的是，我不是受歡迎的男生之一。

活動結束後幾天，我打電話給四個女孩子，但沒人說有空出來碰面；

而且也沒有任何一個女孩主動打電話給我。

看來參加這活動不僅浪費錢和時間，連自信心也被摧毀。

還有什麼認識異性的管道呢？
難道要等朋友的女兒長大嗎？
那還得再等十幾年，緩不濟急。而且朋友一定會殺了我。
不然試試交友網站？

我去逛了幾個交友網站，網站上那些男生的照片，我一整個覺得怪。
要嘛裝氣質，側面向鏡頭，憂鬱地望著遠方；
要嘛裝酷，戴上墨鏡，擺一張彷彿便祕的臉。
還有一欄要填上文字簡述自己或是對愛情的看法。難道我要寫上：
「問世間，情是何物，直教生死相許。
　期待與妳成為生死相許的戀人。生生世世，至死不渝。」
我真的要這樣嗎？
如果真這麼寫，我一定會因雞皮疙瘩掉滿地而死。

二月的情人節到了，這種天殺的日子特別難熬。
我幾乎想打電話到電台，點播梁靜茹的《分手快樂》給天下有情人。
我不能再這樣下去，我得找個人說話，什麼人都可以。
拿起手機，打開手機通訊錄，裡面存了很多筆資料，
這些都是我生命歷程中某個階段的好友或死黨。
但他們的臉孔早已模糊，只剩下一組陌生而遙遠的號碼。
沒有任何一個人可以讓我按下通話鍵。

如果人的平均壽命是70歲，那麼35歲的我剛好在中點。

人生的前半段，不管是好是壞、是得是失，都已經過去了；

後半段的人生，我要重新開始。

就像電腦速度變得非常慢甚至當機時，會按下Reset鍵重新開機一樣，

我決定在我的人生中按下Reset，重新開始。

3.

我在三月中去換了新手機，也辦了新門號。

我只告訴家人我的新門號，另外公司方面也得報備。

「你想更改手機號碼？」人事部門的熟女說，「為什麼換手機號碼？

　你失戀嗎？舊的門號合約到期嗎？新的門號有優惠嗎？」

『因為……』

「算了。」她打斷我，「我不必知道，也沒興趣知道。」

我在心裡OS：馬的，那妳幹嘛還問那麼多？

這是個40歲的熟女，我沒興趣跟她多說話，填了新號碼後就閃人。

新手機用了半個月，只有幾通來電，耳根清淨不少。

也沒有人打電話來說：「嘿，我要結婚了。喜帖要寄到哪？」

以前接到這種電話時，我總是想跳樓。
手機通訊錄裡我只儲存家人、同事、主管和公司的號碼，
因為只有這些人才會有理由打電話給我。

然而在四月的第一個假日晚上，手機突然響起。
我低頭一看，來電顯示是一組號碼，表示不是通訊錄裡的人打來。
『喂。』我按鍵接聽，語氣有些謹慎。
「你回來了嗎？」是個女生，聲音很甜美，但對我而言卻是陌生。
『嗯。』
雖然應了一聲，心裡卻納悶。什麼叫回來？我今天一直沒出門啊。

「你在做什麼？」
『我在看電視。』我說。
「哦。」她說，「好看嗎？」
『還好。反正只是殺時間而已。』我終於忍不住問：『請問妳是誰？』
「你認不出我的聲音嗎？」她笑了，「你說過我的聲音很好認耶。」
『不好意思。妳可能打錯了。』
「呀？」她似乎很驚訝，「你忘了我了嗎？」
我從來就不記得有妳這個人，又該怎麼忘了妳？

『小姐，妳應該打錯了。』我說，『請問妳要找誰？』
「就你呀。在南科當電子工程師，姓蔡。」
『蔡什麼？』

「你只告訴我你姓蔡呀，這手機號碼也是你給我的呀。」

『我是姓蔡沒錯，而且我也是電子工程師。但是我不認識妳啊。』

「怎麼會不認識？」她說，「在Blue wave，我們見過兩次面。」

Blue wave是家pub，同事偶爾會在星期五晚上相約去那裡。

上個月我剛好也去了兩次。

『可是……』我極力回想，根本不記得在Blue wave新認識了誰，

『我應該不認識妳。請問妳叫什麼名字？』

「我是韓英雅呀。」

『韓英雅？』我問，『妳是韓國人嗎？』

「第一次見面時你就是這麼說。」她笑了起來，笑聲依然甜美，

「現在竟然裝作不認識我。」

『我真的不認識妳啊。』

「別裝了。」她的笑聲還沒停止，「再裝就不像了。」

『這……』

「這什麼這，不要再玩了。」她停止笑聲，「我是想告訴你一件事。」

『什麼事？』

「我不在Blue wave做百威女郎了。」

『為什麼？』

「因為你說過我不適合做百威女郎呀。」

『我什麼時候說過？』

「喂，你再裝傻我就不理你了。」她說，「你怎麼不問我改做什麼？」

『妳改做什麼？』

「我改做海尼根女郎。」

『那還不是一樣。』

「我逗你的。」她又笑了，「我目前還在找新的工作。」

『喔。』

「我只是想告訴你一聲，你說的話我聽進去了。」她說，「先這樣，不打擾你看電視了。bye-bye。」

她掛了手機，我沒說 bye-bye。

我掛了手機，仍然是一頭霧水。

依她的說法，她曾在 Blue wave 當啤酒促銷小姐。

但我真的不記得在 Blue wave 認識她啊。

莫非我喝醉了以致於忘了她是誰？也忘了給過她手機號碼？

我真有那麼醉嗎？

我問了一起去 Blue wave 的同事，大家都沒印象有她這號人物。

如果在 pub 碰到穿著清涼的酒促辣妹，我們一定會跟她多說兩句話。

就只是兩句話，根本不可能進一步交談，更別說留下姓名跟手機了。

雖然我還是覺得莫名其妙，但也只能當作是某種巧合的誤會。

幾天後的傍晚，我正準備下班時，手機響起。

又是陌生的號碼。

「你在做什麼？」她問。

『正要下班。』我說，『請問妳是？』

「你又來了。」她笑了起來，「我是英雅呀。」

啊？又是那個聲音很甜美的女生。

『能不能請妳再確定一下？』我說，『我應該不是妳認識的那個人。』

「明明就是你。還要確定什麼？」

『妳確定妳沒打錯電話？』

「這手機號碼是你給我的，我打了，你也接了。不是嗎？」

『可是我不認識妳啊。』我說。

「你跳針嗎？為什麼你老說不認識我？」

『我……』我不知道該說什麼。

「手機費很貴，別再玩了。」她說，「我要跟你說一件事哦。」

『什麼事？』

「我找到工作了。」她很興奮，「在餐廳。」

『恭喜恭喜。』我說，『但是……』

「不說了。我該準備上班了。」她說，「bye-bye。」

她掛了手機。我整個人呆住，久久無法動彈。

「誰打來的？」同事問。

『喔。』我回過神，『一個我不認識的女生。』

「你不認識？」他很納悶，「那你還可以跟她哈拉？」

『因為她說她認識我啊。』

「什麼？」輪到他呆住了。

我跟他說起這女孩打電話給我的經過，也簡單說了我們通話的內容。

「這是詐騙電話。」他說，「現在的詐騙手法層出不窮，你要當心。」

『詐騙電話？』我嚇了一跳。

他說最近流行聲音嗲的女生打電話給男生假裝認識或乾脆直接搭訕，
然後約男生出來見面，見面後通常會帶去莫名其妙的美容護膚中心。
進去後她立刻拿出幾瓶保養品，告訴他做半套保養三萬二，全套六萬。
如果男生不付錢消費，幾個彪形大漢便圍過來。

我聽了冷汗直流。
其實我知道的最新詐騙手法是有人打手機給你後很快就掛掉，
如果你好奇回撥，對方會跟你拖拖拉拉，想盡辦法延長通話時間。
因為這種電話是貴死人的付費電話，你收到帳單後會想跳樓。
詐騙手法跟電腦病毒一樣，隨時會有新病毒出現，而且越來越屬害。
各式各樣的詐騙手法其實已經逐漸摧毀人性，為了避免受騙上當，
只能把所有人都當成賊來防。

我認為同事說的有道理，那個聲音甜美的女孩應該是詐騙集團。
只要我不回撥、不跟她見面，她大概也不能騙走我的錢。

好可惜啊，聲音這麼好聽的女孩，如果不騙錢而改騙感情，
我倒是很樂意被騙。

在一個假日下午，我午睡正酣時，突然被手機響聲吵醒。
『喂。』我迷迷糊糊，躺在床上按鍵接聽。
「我明天就換新手機了，我唸號碼給你，你拿支筆記下來。」
『嗯？』
「快去拿筆。」她笑了起來，很開心的樣子，「我等你。」
我醒了一半，是那個自稱韓英雅的詐騙女。

『等等。』我假裝拿了筆，但其實我還躺著，動也沒動，『好了。』
「你要仔細聽好哦。」
她放慢速度把號碼唸了兩遍，然後再逐字唸了一遍。

「要記得哦，這是我的新門號。」她說。
『嗯。我記下了。』
「那你唸一遍給我聽聽。」
『啊？』我完全清醒了。

「你唸呀。」
『0968……』我坐起身，努力回想剛剛聽到的號碼。
「是0986。」

『喔。』我說，『0986⋯⋯519⋯⋯嗯⋯⋯』

「592才對。」她的聲音突然變冷，「你為什麼沒拿筆記下來？」

我當場被抓包，不禁滿臉通紅，說不出話。

我和她都沒說話，氣氛變得靜默而詭異。

「為什麼要騙我？」過了一會，她終於打破沉默。

『我⋯⋯』我還是說不出話。

「再見。」

她說完後，立刻掛上手機。

即使她是詐騙女，我也應該光明正大告訴她不要再騙了、我不會受騙，

而不是虛與委蛇、敷衍應付。我這樣的行徑，也是一種欺騙。

而且她說再見時，似乎帶著一點哭泣的聲音，她應該很傷心吧？

為什麼我要傷害她呢？

我很羞愧也很自責，心情突然變得非常糟。

我呆坐在床上，不想再躺下，也不想下床。

沒想到十分鐘後，手機又響起。來電顯示仍是陌生的號碼，是她嗎？

『喂。』我有些緊張。

「對不起。」她說，「我剛剛的口氣不好。」

『不。是我的錯。』我說，『我剛睡醒，有點迷糊，請妳原諒。』

「你沒錯。」她說,「我換新號碼,你原本就不一定非得記下不可。」

『不。我想記下來。』我說,『妳可不可以再給我妳的新門號?』

「你不必安慰我。」

『這不是安慰,我是真的想知道。』

「真的嗎?」

『嗯。請說吧。』我趕緊拿起放在床頭櫃上的筆。

她低聲快速唸過一遍,我立刻寫在手上。

『我唸一遍,妳聽聽看有沒有錯。』我唸出寫在手上的號碼。

「沒錯。」

『現在我倒過來唸。』我把手上的號碼由右向左唸一遍,『對嗎?』

「對。」

『zero nine eight six five nine two......』

「你在幹嘛?」

『用英文唸妳的門號啊。』我說,『接下來是台語。控告貝留……』

「夠了。」她終於笑了,「別再唸了。」

『剛剛是我的錯,請妳別難過。』

「嗯。」

『那麼妳原諒我了嗎?』

「嗯。」

我鬆了一口氣。然而我隨即想起,我不認識她啊。

『韓小姐……』
「叫韓小姐很怪，叫我英雅就好了。」
『英……』我頓了頓，『英雅小姐，我真的不是妳認識的那個人。』
「叫英雅小姐更怪。」她笑了。
『重點不是小姐不小姐。』我急了，『重點是我應該不認識妳。』

「你又來了。」她停止笑聲，「你還想再惹我生氣嗎？」
『這……』
「這什麼這。」她說，「先這樣。我要去上班了。bye-bye。」
她掛了手機，我根本來不及繼續解釋。

看來她應該不是詐騙集團，但這樣更糟。
因為我不能再繼續讓她誤認下去啊。
怎麼辦呢？不管我說了多少遍我不認識她，她始終都不相信。
難道只能讓她看到我本人，這樣她就會知道她認錯人了？
見面是個不錯的主意，但有必要搞得這麼複雜嗎？

之後一個月，她還是會每隔三天左右便打電話給我。
我有時還是會強調我根本不認識她，但她幾乎完全不理我。
後來我就懶得再解釋了。
至於她的新手機，我從沒打過，不是因為我擔心那是詐騙電話，
而是因為如果我打了，那我就沒立場說我真的不認識她了。

漸漸的，我習慣接到她的電話，而且還能跟她聊上幾句。

聊到後來，我甚至幾乎會忘了我根本不認識她這個人。

我很想讓她知道我不是她認識的人，但又擔心真相大白後，

便再也聽不到這麼甜美的聲音。

而且一旦她知道我並不是那個人，她會有什麼反應？

她會傷心難過嗎？心裡會受傷嗎？

我該怎麼辦？

4.

不知不覺間，我跟她通話已經三個月了。

即使三個月前我們並不認識，但這段時間我們透過手機通話，

也許可以算認識了吧？

以前有筆友，現在有網友，而我和她之間大概算手友或機友吧。

只可惜在她心裡，我是以另一個人的形象存活著。

我正看著電視裡重播n遍的《魔鬼終結者》，手機又響了。

「你在做什麼？」

『我在思考人生。』

「你少來。」她說，「你只是無聊到爆而已。」

『妳猜對了。』我說，『請問有什麼事嗎？』

「我想告訴你一件事。」她很興奮,「我確定可以畢業了。」

『畢業?』我很納悶,『從什麼地方畢業?』

「當然是大學呀。」

『啊?』我幾乎從沙發上跳起來。

「怎麼了?」

『妳還是大學生?』我開始結巴,『妳……妳才22歲?』

「我23囉。」她笑了,「你忘了嗎?我延畢一年。」

我驚訝得說不出話,握著手機的右手瞬間僵硬。

可能是因為我今年35歲的關係,我一直以為她是30歲左右。

因此即使她的聲音甜美而稚嫩、即使她幾個月前還是酒促辣妹,

我卻竟然從沒想過她可能才20出頭。

原來我也把心目中另一半的形象,投射在她身上。

「幹嘛突然不說話?」

『妳……』我喉間乾澀,『妳好年輕啊。』

「你應該只比我大幾歲。」她笑了,「幹嘛倚老賣老。」

不是幾歲,是十幾歲啊小妹妹,妳都可以叫我大叔了。

這女孩才23歲,年輕又迷人,有屬於她自己的幸福,也應該要幸福。

如果因為我的關係,她錯過了他,那我就罪孽深重了。

我想，該是良心發現的時候了。

『韓小姐。』

「你又來了。」她說，「叫我英雅。」

『好。英雅。』我說，『我們可以見個面嗎？』

「好呀。」她笑得很開心。

我卻感動得快哭出來了。

這幾年在電話中約過幾個女孩子出來見面，但她們總說：

「哇，真是不巧，剛好有事耶，改天吧。再聯絡囉。」

沒有任何一個女孩子剛好沒事，更別說只有乾脆的一句「好呀」。

雖然她應該是對著她真正認識的人所說，不是對著我這個人，

但起碼她給了我她答應跟我見面的錯覺。

我跟她約好了時間和地點，晚上八點在台南德安百貨樓下的星巴克。

剩下三個多小時，我先去洗個澡，洗完澡後在鏡子前換衣服。

一件又一件，像服裝走秀。

我不禁苦笑，我是去讓她知道我不是她認識的那個人，不是去約會啊。

就平時穿的衣服吧。

我沒心情吃晚飯，坐在沙發看電視直到該出門為止。

到了星巴克時，離約定的時間還有15分鐘，我便直接走進店裡。

點了杯咖啡，找了個空桌，面朝門口而坐。

坐了兩分鐘，才想起我不認識她，即使她走進門我也認不出來，

於是起身改坐在對面位子，面朝店內。

但隨即又想，我面朝店內的話，她進門就不容易發現我，

還是面朝門口好了。

我再度起身，又坐回原來的位子。

『啊！』

我突然叫了一聲，拍了一下桌子，驚擾到店內其他的客人。

真是白痴，我不認識她、她也不認識我，我坐哪裡都是一樣啊。

剛剛的舉動讓我很尷尬，而心跳也在此時加速，我發覺雙手在顫抖。

現在是怎樣？有必要這麼緊張嗎？

她長怎樣？會是正妹嗎？

我對現在所謂正妹的形象，通常來自部落格的相簿。

那些正妹的相片幾乎都是自拍，而且清一色45度仰視加嘟嘴加霧化。

不然就是戴上假睫毛、裝上瞳孔放大片、畫了眼線眼影和腮紅，

穿著低胸衣服對著鏡頭擠眉弄眼、皺鼻吐舌頭。

她是目前這個時代中所謂的正妹嗎？

「嗨。」有個女孩走到我面前，面帶微笑，「好久不見。」

我抬起頭看著她，完全不知道該如何反應。

她不是目前這個時代中所謂的正妹，用我那個時代的話來講，

她是個漂亮的女生，而且素顏。

「你等我一下。」她又笑了，「我去點杯咖啡。」

她轉身走到櫃台，我的視線緊跟著她的背影。

我百分之百確定我沒見過她，即使是在夢中也沒夢見過。

但是……為什麼她可以認出我呢？

「你在做什麼？」她端了咖啡回到桌邊，坐下。

『喝咖啡啊。』我說。

「在手機中講久了，已經變口頭禪了。」她笑了起來。

我陪著笑，但實在無法像她那麼自然的笑。

『韓小姐……』

「叫我英雅。」

『英……英雅。請妳看清楚我的臉。』我很緊張，『妳見過我嗎？』

「嗯……」她仔細打量我的臉。

她只看了三秒我就臉紅了，反射似的低下頭。

「喂，別移開臉呀。」她說，「我還沒看清楚。」

『看一眼就夠了吧。』我抬起頭，『怎麼樣？妳真的認識我嗎？』

「我只看過你兩次,而且距離上次見面已經四個月了。」她說,
「坦白說我對你的長相,印象真的不深耶。」

『這⋯⋯』

「這什麼這。」她笑了,「你不能怪我呀,Blue wave的燈光不太亮,
哪看得清楚。」

『但妳總不可能把陽光下的梁朝偉,看成昏黃燈光下的金城武吧。』

「你說話還是一樣有趣。」她又笑了。

『我⋯⋯』

「其實主要是因為我兩次看到你時,你都戴了副太陽眼鏡。」她說。

『在pub裡戴太陽眼鏡?』我很納悶,『這太奇怪了。』

「我也覺得奇怪,因此我以為你是個盲人。當你起身想上洗手間時,
我扶著你走到洗手間門口,你說了聲謝謝後,才說你不是盲人。」
她笑了笑,「我們就是這樣認識的呀。」

『妳不生氣嗎?』

「你只是開玩笑而已。而且你對我說:即使在太陽眼鏡底下,妳依然
閃亮而豔麗。」她笑了笑,「沒辦法,我是女孩子,會吃這套。」
雖然這確實很像我會講的話,但很遺憾,我沒說過那句話。

『那他為什麼要戴太陽眼鏡?』我問。

「什麼叫他?」她說,「是你啦。你說你剛動完近視雷射手術沒多久,
要戴太陽眼鏡以阻擋紫外線。你白天戴慣了,晚上便懶得拿下來。」

『終於可以真相大白了。』我說。

「嗯？」

『韓小姐，我……』

「喂。」她打斷我，「叫我英雅。」

『英雅。』我說，『我從沒動過近視雷射手術。』

「可是你說……」

『如果我動了近視雷射手術，為什麼現在我還戴近視眼鏡？』

我用手指推了推鼻樑上的眼鏡。

她睜大眼睛，似乎很驚訝。

『妳知道他幾歲嗎？』

「看起來只大我幾歲。」她不再糾正我用了「他」這個字。

『妳認為我幾歲？』

「嗯……」她又打量我的臉，「你應該已經……」

『我今年35歲。』我說，『我大妳12歲。』

她嘴唇微張，似乎想說話，卻說不出話來。

『會不會是他留電話給妳時，他不小心唸錯或是妳抄錯？』

「不可能。我當場用手機call他，因此我們都有彼此的號碼。」

『那他應該會打電話給妳。』我精神一振。

「我從沒接過他的電話。」她搖搖頭後，便低下頭。

我暗罵自己白痴，很顯然我現在的手機號碼以前是他的，我沒打給她，

她怎麼會接到電話？而且他如果曾打給她，她也不會一直打給我了。

「所以你真的不是他？」她抬起頭。

『嗯。』我說，『我真的很抱歉。』

她又看了我一眼，神情有些黯淡，我非常不忍。

而且自責、慚愧、悔恨、罪惡感瞬間湧上心頭。

『韓小姐。』我說，『我真的很抱歉，都是我的錯。雖然我在電話中
　常說我並不是他，但我其實可以更努力澄清，而且應該早點澄清。
　可是我沒有盡最大努力，因為我怕妳知道真相後，我便再也聽不到
　妳的聲音。我太自私了，我很抱歉，對不起。我……』

我越說越難過，說到後來喉頭哽住，便說不出話。

我覺得整顆心被揪住，不是因為罪惡感，而是她落寞的神情。

『韓小姐。』我輕輕叫了她一聲。

她沒回應，低著頭似乎陷入沉思。

『韓小姐。』我又叫了她一聲。

她聽到了，緩緩抬起頭。

『總之我真的很抱歉。』我站起身打算離去，『我想我該走了。』

「叫我英雅。」她說。

『啊？』我楞了楞。

「即使你並不是他，但你還是你呀。」她竟然笑了，「我和你又不是
　不認識，不然這三個月的電話是白打的嗎？」
我有些感動，楞楞地站著。
「坐呀。」她說，「還站著幹嘛？」
我像聽從命令般，緩緩坐下，她朝我笑了笑。

「你給我的感覺，和他給我的感覺很像。」她說。
『那是什麼樣的感覺？』我很好奇。
「我說不上來。」她想了一下，「簡單說，有一種非常可靠的 fu。」
『是嗎？』
「不然我為什麼一進門就知道是你呢？」
『我……』我想反駁，但不知道該怎麼反駁。

「還有，你和他都很善良，都可以容忍我的任性。」她說。
『妳這麼漂亮，即使超級任性，也會有一大堆男生願意容忍。』
「你也和他一樣，很會說話。」她笑了。
她真的是很適合笑的女孩，看來她不只聲音甜美，連笑容也甜美。

她開始跟我說起認識他的過程。
她白天唸書，晚上到 pub 當啤酒促銷小姐。
大約四個多月前，學校剛開學，她第一次遇見他，那時她剛失戀。
可能是失戀的關係，她心情很糟，甚至想乾脆休學不唸了。
但他鼓勵她把書唸完，也要她不要當酒促小姐以免影響白天上課。

或許是投緣吧，她和他之間很談得來，也互有好感。

「一個禮拜後，我再度見到他。」她說，「他說要去大陸出差一個月，
　然後和我相約回台灣後再聯絡。但他回台灣那天，我打電話給他，
　接電話的人卻是你。」

難怪我第一次接到她電話時，她劈頭就問：你回來了嗎？

『但我和妳通話了三個月，我都沒說要見面，妳不會覺得奇怪嗎？』

「不會呀。」她說，「因為我們約好我畢業後才見面。所以你一聽到
　我畢業就說要見面，我真的很高興，因為你沒忘記這個約定。」

『和妳約定的人是他，不是我。』

「哦。」她眼神閃過一絲黯淡。

我的心又被揪了一下。

『妳知道他在哪家公司上班嗎？』我問。

「不知道。」她搖搖頭，「我只知道他在南科當電子工程師。」

『他是製程工程師？設備工程師？還是RD？』

「這些我都不懂。」她又搖搖頭。

『妳真的不知道他的名字？』

「我只知道他姓蔡，忘了細問他的名字。」她說，「他說朋友們都叫他
　solution，但我覺得這名字拗口，於是都只用『你』來稱呼他。」

『solution？』我皺起眉頭，『這種英文名字好怪，該怎麼找呢？』

「你想找他？」她眼睛一亮。

『嗯。』我點點頭，『我不想成為拆散你們的罪人。』

「沒那麼嚴重啦。」她說，「我和他只是很談得來的朋友而已。」

『不。我一定要找到他。』我說，『找到他後我會立刻通知妳。』

「那就多謝囉。」她笑了笑，「不過你真的不必介意。」

我不是介意，也不是為了彌補過錯或是消除罪惡感。

我只是想看見她甜美的笑容。

因為我相信只要他出現，她一定會笑得很開心。

我突然覺得，讓這女孩開心是世界上最重要的事。

5.

存在我心中三個月的疑惑終於得到解答。

我的新手機號碼以前是他的，所以當她撥了這個號碼時，

自然會認為是他接的電話。

除非是聲音的差距太大，或是想打給男生卻聽到女生的聲音。

何況我和他一樣都姓蔡，也都在南科當工程師。

但新的問題來了。

為什麼他要放棄這個門號？難道他像我一樣想Reset嗎？

這不可能。才剛認識她這麼漂亮的女生，還想Reset就太欠揍了。

他也不可能想躲她，不然幹嘛留手機號碼？

那麼到底為什麼呢？

我迫切想找到解答，比我平時所做的debug工作還迫切。

依照現代人的習慣，第一個想到的最簡單方法是網路，我也不例外。

但目前知道的關鍵字只有：蔡、南科、工程師，頂多再加上solution。

如果上網Google，大概有幾千筆資料，但那些資料應該都沒參考性。

果然在網路發達的時代裡，世界上最遙遠的距離，

是我Google不到你。

我畢竟是訓練有素的工程師，遇到再複雜的問題還是會作系統分析。

我建了個Excel檔，整理出南科所有公司，檔名叫：solution.xls。

不算高雄園區的話，目前南科的公司有95家，員工總數將近五萬人。

扣除生物科技等其他產業，還有76家公司跟電子產業相關。

這76家公司中，如果不考慮作業員和其他行政人員，

也許有將近一萬個工程師吧。

這一萬個工程師中，姓蔡的有多少個呢？

如果從一萬個殺人犯或強盜犯中找姓蔡的人，大概只有幾個人而已。

搞不好完全沒有。

但如果這一萬個是忠厚老實、謙虛低調、待人誠懇又腳踏實地的人，

那麼其中姓蔡的一定非常多。

因為姓蔡的大多數是這種人，我也不例外。

唉，他什麼不好姓，為什麼要跟我一樣姓蔡呢？

我先從自己的公司找起，公司有1500位員工，工程師佔了三分之一。

公司裡除了我之外，還有五個蔡姓工程師。

其中一個年紀比我大，一個和我同年，另外三個年紀比我小。

這三個年紀比我小的工程師當中，只有兩個年紀在30歲以下。

依她的描述，他的年紀應該是30歲以下，所以我只需要問兩個人。

『喂，蔡邦偉。』我問，『你認不認識一個叫韓英雅的女孩？』

「韓英雅？」他搖搖頭，「她是誰？」

『不要問，很恐怖。』我直接走開。

『喂，蔡柏昌。』我問，『你認不認識一個叫韓英雅的女孩？』

「韓英雅？」他搖搖頭，「不認識。不過我認識她妹妹。」

『你認識她妹妹？』我很驚訝。

「嗯。」他笑的很賤，「她妹妹叫韓英晶。」

『馬的！』我罵了一聲，轉身就走。

「等等我啊。」他在我背後大叫，「我還認識她姊姊韓英純、她哥哥
　韓英道……」

這種白目的人怎麼也姓蔡呢？真是丟盡蔡氏宗族的臉。

看來可以把自家公司排除了，只剩75家公司。

但要知道別家公司的員工資料，可就沒那麼容易了。

網路上不會有公司員工的個人資料，只好先打電話了。

『不好意思，請問你們公司姓蔡的工程師有哪幾個呢？』

「啊？」接電話的人不管是男是女都會很納悶，不知道怎麼回答。

『是這樣的。我弟弟在南科當工程師，我想找他。』

「他是我們公司的員工嗎？」

『我不確定，所以我才一家一家找。』

「你弟弟叫什麼名字？」

『是這樣的。因為他跟我父親起了衝突，一怒之下便離家出走，甚至
　改了名字。所以我只知道他姓蔡，但現在的名字就不知道了。』

「你弟弟幾歲？」

『嗯……大概30歲左右，或是30歲以下。』

「你連你弟弟幾歲都不知道？」

『是這樣的。他跟我是同父異母的兄弟，我以前不知道有這個弟弟，
　現在才知道。你能幫幫我，讓我們兄弟團聚嗎？』

大致來說，每十家公司只有兩家肯幫我查資料，其餘八家不肯。

也難怪他們會戒慎恐懼，因為電子業常發生挖角與跳槽事件，

他們又不認識我，難免會懷疑我的動機。

何況現在的人已被詐騙電話訓練得很冷血，我即使說我快死了，

臨死前只想找個姓蔡的說些話，他們也不會理我。

雖然打電話成功的機率只有兩成，但已經比我預期的結果要好。
因為我只能利用上班時間，找出一點空檔偷偷打電話，
所以我總共花了十個工作天打給75家公司，有13家肯答覆我。
我打開電腦，叫出 solution.xls，把確定沒有他的公司名字調成紅色，
並標註某月某日以打電話方式確認了哪幾個姓蔡的人並不是他。
算了算，還有62家，路還很長。
手機這時候響起，我直接按鍵接聽，視線還停留在電腦螢幕。
『喂。』我說。

「歐吉桑。你在做什麼？」
『歐……』我嚇了一跳，『歐吉桑？』
「既然你大我12歲，我叫你一聲歐吉桑不過份吧。」
『妳……』我認出了她的聲音，驚訝得說不出話。
「怎麼了？是不是又想說你不認識我？」她笑了笑，「我想找姓蔡的
　工程師，在南科上班，今年35歲。是你沒錯吧。」
『嗯。』我說，『是我沒錯。』

距離上次在星巴克見面，剛好滿兩個禮拜。
這期間沒接到她的電話，我以為她不會再打來了。
其實她也沒有再打來的必要，倒是我，如果找到他，一定會打給她。
現在突然接到她的電話，我又驚又喜，握住手機的手微微顫抖。

「你還沒告訴我，你在做什麼？」

『我在整理Excel檔。』我說。

「哦。」

『請問……』我很緊張，『有什麼事嗎？』

「我想告訴你，我已經辭去餐廳的工作了。」

『為什麼？』

「我在餐廳只是打工，現在我畢業了，想找份正職。」她嘆口氣，
「不過我找了兩個禮拜，都沒消息。」

『妳才剛畢業，工作較難找，妳不要心急，慢慢來。』

「這我知道。不過……」她頓了頓，「我還是覺得很煩很悶。」

『剛從樹上摘下來的柚子，還得再放一段時間，才會更甜更好吃。』

「柚子？」

『嗯。』我說，『妳剛畢業，現在就像剛離開樹上的柚子一樣，要多等
　幾天，滋味才會更甜美。』

「我知道了。」她笑了。

『總之妳不要心急喔。』

「嗯。」她說，「我找到工作後再告訴你。先這樣，bye-bye。」

『好。』

「你不說bye-bye嗎？」

『喔。』我說，『bye-bye。』

「bye-bye。」她又說，聲音還是那麼好聽。

她掛了電話，過了三秒後，我才掛斷。

即使電話已掛，耳際仍殘留她甜美的聲音。

以前剛跟她通完電話後，心裡或多或少會覺得莫名其妙；

但這次掛上電話後，內心卻洶湧澎湃，不能自已。

因為這次她是特地跟我這個歐吉桑說話，就是我這個人，不是別人。

我很努力讓心情平靜，然後把思緒拉回眼前的 Excel 檔。

我得專心思考下一步該怎麼找 solution ？

我決定採取重賞之下必有勇夫策略。

同事可能認識其他公司的人，我也有幾個學弟在其他公司當工程師。

可以透過這層關係拜託他們幫忙。

我在公司裡懸賞，請同事介紹所認識而且也在南科上班的人，

我再跟那些人聯絡，拜託他們提供自家公司蔡姓工程師的聯絡方式。

如果因而找到 solution，我願意拿出一個月的薪水酬謝。

這個方法的效果不錯，連續五天，每天都有同事回報消息。

每當有消息回報，我便打電話甚至去碰面，確定是否是 solution。

星期六到了，我一整天都在打電話，同時也更新 solution.xls。

手機又響了，來電顯示是一組號碼，我無暇多想，直接按鍵接聽。

「歐吉桑。你在做什麼？」

『我在……嗯……』我腦子裡空空的，只得說：『跟妳講電話。』

「哦。」她問，「吃過飯了嗎？」

『午飯吃過了。』

「我問的是晚餐。」

『還沒。』我看了看錶，7點半了。

「這樣不行耶。」

『我待會就去買個便當。』

「嗯。」她問，「今天有去哪裡玩嗎？」

『我今天沒出門。』

「你大概除了上班外都不出門的吧。」她說，「那麼明天出來玩吧。」

『我⋯⋯』我毫無心理準備，整個人傻住，不知所措。

「我什麼我？如果你明天有事就要快說哦，不然我就當你沒事。」

『我明天沒事。』

「那麼明天陪我騎單車吧。」

『單車？』

「嗯。」她說，「就是自行車或腳踏車。」

『單車我當然知道。』我說，『問題是我沒有單車啊。』

「去借一輛不就得了。」她笑了笑，然後跟我說碰面的時間和地點。

『早上6點？』我叫了一聲，『有沒有搞錯？』

「沒有搞錯，就是6點。」她說，「先這樣，明天見。bye-bye。」

她掛了電話。

我趕緊打電話給同事借單車，沒想到借單車比借賓士車還難，
幾乎沒有人有單車這種東西。
好不容易有個同事說反正明天放假，他兒子的單車可以借我。
這位同事才大我3歲，但兒子已經唸國一了，
而我竟然還在跟20出頭的女孩子相約騎單車。
真是令人感傷。

我大概從斷奶以後就沒在早上6點以前起床，
但我今天卻在5點起床，10分鐘後便出門。
因為騎單車到約定地點大概至少得45分鐘吧？沒騎過不曉得。
天才濛濛亮又是假日，路上幾乎沒人，氣溫也適中，騎單車很舒服。
我到了約定地點，她還沒到。看了看錶，剛好6點。

「嗨，歐吉桑。」她騎向我，跟我揮揮手，「早安。」
『早安。』我也揮揮手。
現在很流行騎單車，騎士們一身配件，頭盔、頭巾、手套、護具，
還有專門的衣褲和車鞋。
但她的穿著很簡單，就是牛仔褲加T恤，跟平常沒兩樣。

「走吧。」她說完後，便騎車向前。
我原本跟在她車後，但騎不到半分鐘，便發覺這樣很危險。
她穿的是低腰牛仔褲和短T恤，隨著騎車時上半身前傾，
T恤和褲腰間便露出一小段白皙的皮膚，臀溝也若隱若現。

我下意識捏緊鼻子，怕會噴鼻血。

『讓我騎前面吧。』我加快速度，跟她並排。
「大男人唷。」她說。
『喜歡走在前面的未必是大男人。』我說，『像非洲有些超級大男人
　的國家，男人都讓女人走前面。』
「為什麼？」
『那些國家由於長年戰亂，很多地方埋了地雷，不容易發現。』我說，
『讓女人走前面，可以踩地雷。』
她笑了起來，單車手把便晃了晃。

他說的沒錯，她不適合當啤酒促銷小姐。
或許pub裡暈黃的燈光會讓她顯得千嬌百媚，
但在早晨的陽光下綻放笑靨，才是她最美麗的容顏。

我們乾脆並排騎車一路往西，邊騎邊聊，反正路上幾乎沒有人車。
最後沿著安平堤頂自行車道，一直騎到鹽水溪出海口。
我們把單車停好，並肩坐在堤頂上，吹吹海風，看看河海交界。
「歐吉桑。」她轉頭笑了笑，「騎單車很累吧。」

『我從國一開始，一直到國三，每天都要花40分鐘騎單車到學校，
　回家也是。』我說，『所以我還滿習慣騎單車。』

「那是多久以前的事了？」

『嗯……』我想了一下，『從23年前開始。』

「剛好是我出生那年。」她笑了，「我果然可以叫你歐吉桑。」

我也笑了起來。

「我叫你歐吉桑，你不介意吧？」她問。

『這是事實啊，我幹嘛要介意？』我說。

「你心胸很大哦。」

『哪裡哪裡。』我說，『我也只剩下心胸了。』

她又笑了起來，我陪著她笑，我們都很開心。

「雖然你大我12歲，但25年前我可能比你老多了。」她說。

『25年前？』我很納悶，『那時妳還沒出生啊。』

「嗯。」她笑了笑，「25年前你10歲，但我還在上輩子，而那時的我

可能是70歲的老婆婆。所以25年前我整整大你60歲。」

『妳這只是單純的唬爛？還是妳相信輪迴？』

「單純的唬爛。」

她說完後，我們同時笑了起來。

『妳很喜歡騎單車？』笑聲停止後，我問。

「其實還好而已耶。我也是從國中畢業之後就沒騎單車了。」她說，

「這輛單車前幾天才買的，今天第一次騎。所以我要謝謝你陪我。」

『不。』我說，『這是我的榮幸。』

「唷。」她笑了笑,「這麼客氣。」
我也笑了笑,但我真的覺得很榮幸。

『妳為什麼又開始騎單車?』我問。
「我以前的日子過得有些荒唐,浪費了很多年輕的時光,所以我想
　重新開始認真過日子。」
『這跟騎單車有關嗎?』

「我想看看清晨的陽光,然後在清晨的陽光中騎著單車御風而行。
　也許這會讓我覺得人生充滿希望而且光明。」
『那妳現在覺得呢?』
「人生果然是充滿希望而且光明呀。」她笑了起來。
『很好。』我也跟著笑。

「人生有時就像用毛筆寫英文字一樣,如果寫出來的英文字不好看,
　而且寫起來也彆扭,到底該怎麼辦呢?」她說。
『那就不要用毛筆寫英文字,改用原子筆寫。』
「對,我就是這個意思。」她說,「換了筆,寫出來的字就不一樣了。
　也就是說,只要改變過日子的態度,人生就會不一樣了。」

『妳確定妳才23歲?』我很驚訝,『妳這種想法很成熟耶。』
「真的嗎?」她也很驚訝,「這麼說的話,我很成熟囉?」

『嗯。』我笑了笑,『果然在25年前,妳是70歲的老婆婆。』
「我要把這句話當讚美哦。」
『我本來就是在讚美妳。』
「謝謝。」
『不客氣。』

「走吧。」她站起身,拍拍屁股,「去吃蛋餅。」
『嗯。』我也站起身。
我們往回騎,騎到一家據說很有名的蛋餅店。
吃完蛋餅後,我們便道別。

「歐吉桑。」她剛跨上單車,回頭說:「晚上一起吃晚飯,好嗎?」
『當然好啊。』
「那麼等我的電話吧。」
『一定。』
「bye-bye。」她揮揮手,騎走了。
我楞楞地看著她的背影,感動得快哭出來了。

我再騎一個鐘頭的單車才回到家。
回家後先洗個澡,洗完澡後覺得全身酸痛,直接到床上躺平。
醒來後大約下午兩點,泡碗麵充當午餐,吃完泡麵後立刻打開電腦。
還有很多資料要整理,也還有很多人要聯絡,我得抓緊時間。
手機放在我伸手可及的距離內,以確保我不會漏掉她打來的電話。

整理完資料後，用室內電話詢問了幾位蔡姓工程師，然後手機響起。

「歐吉桑。」她說，「晚上去吃貴族世家吧。」

『好。』我說。

「依你的身分地位，吃貴族世家會不會侮辱你？」

『不會。』我笑了，『我平常都只吃便當而已。』

「那就好。」她也笑了。

我們約七點在餐廳門口碰面，這次我當然是騎機車過去。

這算是間平價的排餐店，用餐不必太講究，很符合我的風格。

我把機車停好後，只等了兩分鐘，她便出現。

「歐吉桑。」她向我招招手，微微一笑。

我點點頭，很自然也很開心的笑了笑。

她的穿著仍然很輕便，早上那條低腰牛仔褲加上一件新T恤。

雖然早上才剛見過面，但我覺得那好像是上個禮拜的事了。

「歐吉桑。」點完餐後，她突然問：「你為什麼不交女朋友？」

『不是不交。』我說，『是交不到。』

「你以前有女朋友嗎？」她又問。

『曾經有過兩個。不過那是很久以前的事了。』

「哦。」她說，「那你一定很久沒單獨跟女孩子一起吃飯了。」

『讓我算算有幾年了。』

我伸出右手，扳了一根手指，兩根，三根，四根……

扳了第五根手指後，我張大嘴巴，說不出話。

「怎麼了？」她問。

『完了，五根手指頭不夠用，而且再算下去的話會掉眼淚。』

她笑了起來，我卻只能苦笑。

「可惜我沒有姊姊，不然我一定介紹給你認識。」

『是啊，真可惜。』

「不過我姑姑只大你三歲，她很漂亮哦。」

『是嗎？』

「可惜我有姑丈了。」

『喂。』

「我有時開玩笑沒分寸，請你別介意。」她說。

『對我這種年紀的男生而言，如果有20出頭的女孩子肯跟他說話，
　他只會感動得痛哭流涕，不會介意。』

「真的嗎？」

『嗯。』我點點頭，『每次妳跟我說話時，我都會想哭。』

「那是因為我白目吧。」

『這倒也是。』

我們同時笑了起來，越笑越開心。

「你會希望我這年紀的女孩當你的女朋友嗎？」笑聲停止後，她問。

『這……』我突然覺得臉頰發燙。

「這什麼這，說說看嘛。」

『對我而言當然好，但對妳這年紀的女孩就不好了。』

「為什麼？」

『因為我可以耐心等她長大，但她卻不忍心看我變老。』

「歐吉桑。」她看了我一眼，說：「你好理智。」

『哪裡哪裡。』我說，『我也只剩下理智了。』

「你早上才剛說你只剩下心胸而已。」

『喔，那我修正一下。我只剩下心胸和理智而已。』

主菜端上來了，我和她一起用餐，邊吃邊聊，隨性而自然。

以前跟女孩子第一次相約吃飯時，總是食不知味。因為吃飯不是重點，

讓對方留下良好的印象以便日後可以繼續約會才是重點。

為了吃那頓飯，得隨時留意自己的儀容、穿著、吃相、談吐，

並得事先準備笑話以免場面很冷。但我通常講了笑話以後場面更冷。

所以那頓飯吃起來很彆扭，或許對方也是。

但跟她一起吃飯時，我並不會覺得彆扭或不自然；

即使已經很久沒單獨跟女孩子一起吃飯，我也不緊張。

我不必裝紳士，也不必表現出瀟灑或帥氣，就是平常吃飯時的樣子。

她似乎也很自然，沒有額外的衿持與客套。

於是吃飯就只是吃飯，吃飯可以只是一件簡單而快樂的事。
如果她以後可以常常跟我一起吃晚飯，那該有多好。

我覺得我跟她好像認識很久了，但扣掉跟她通手機的那三個月，
從第一次看見她那天算起，到今天才三個禮拜，也才只見三次面。
或許只是因為我很寂寞，或許只是因為她既年輕又漂亮，
或許只是因為我太渴望趕緊找個異性的伴陪我吃晚飯，
或許只是因為年近中年的單身男子難免會迷戀青春的肉體……

我突然有一種很強烈的感覺，我很喜歡她啊。
如果她可以成為我的女朋友，那該是多麼幸福而美好的事啊。
可是對她而言好嗎？

「你在想什麼？」走出餐廳後，她問。
『我可以耐心等妳長大，妳卻不忍心看我變老。』
看了看她年輕而美麗的臉龐後，我說。

6.

男人的感情在一生當中都是專一而不變的。試證明之。
當男生17歲時，喜歡20歲左右的女生；

當男生唸大學時，也是喜歡20歲左右的女生；

當男生成為30歲的男人時，依然喜歡20歲左右的女生；

當男人老了，變成60歲的糟老頭時，還是喜歡20歲左右的女生。

所以男人的感情在一生當中都是專一而不變的。

故得證。

因此雖然知道這不太應該，但我很喜歡她。

我甚至想把她的號碼儲存在通訊錄裡，卻始終覺得不妥。

起碼在找到他之前，我不可以這麼做。

我開始矛盾，想找到他，又希望找不到。

還是專心回到電腦螢幕比較單純。

我統計了重賞策略的結果，總共16家公司，39位蔡姓工程師。

但沒有人認識韓英雅，看來他們都不是solution。

扣掉這16家公司，還剩46家公司，接下來該怎麼做呢？

我想了兩天，大概只能用土法煉鋼的方式。

『不好意思，請問你們公司姓蔡的工程師有哪幾個呢？』

我直接殺進別的公司大門，向負責保全的警衛詢問。

如果他們一臉疑惑，我會再搬出尋找失散多年同父異母弟弟的說法。

為了避免讓人以為我是間諜，我會強調我人一定在大廳內，

而且會公開談話或打電話，也不會使用江湖暗語。

我通常苦苦哀求、死纏爛打，有些警衛只好幫我通報。

但多數的情形，他會說：「如果你再不離開，我就要叫警衛了。」

『你自己就是警衛啊。』我說。

「說的也是。」他站起身，「請吧。」

『拜託啦，我只是要問他們認不認識一位叫韓英雅的女孩而已。』

「可是你剛剛說要找同父異母的弟弟。」

『因為只有我弟弟認識韓英雅，而認識韓英雅的一定是我弟弟啊。』

「莫名其妙。」他開始推我，「快走！」

『我要找solution啊！』

「但我根本不懂你的question！」

他把我推到門外，說了聲不要再進來了，然後轉身就走。

有次我正被趕出來時，手機剛好響起。

「歐吉桑。」她說，「你在做什麼？」

『正在練輕功。』我說。

「嗯？」

『兩個壯漢一左一右架著我，我兩腳騰空了。』

她笑了，在她的笑聲中，我雙腳著地。

「我要告訴你一件事哦。」她的語氣很興奮。

『什麼事？』

「我找到工作了。」

『恭喜恭喜。』我問，『是什麼樣的工作？』

「公司在關廟，是食品加工業。」

『嗯。』我笑了，『要好好工作喔。不懂的地方，記得要問人。』

「嗯。」她也笑了，「先這樣。bye-bye。」

『bye-bye。』

雖然剛被趕出來，但聽到她找到工作後，我覺得我比她還開心。

連續一個半月，我利用上班時間的空檔溜出來找人。

其實上班並沒有所謂的空檔，我只是單純溜出公司而已。

每天溜出來一次或兩次，視當天情況而定，但每次只找一家公司。

46家公司都找過了，只有11家成功，還剩35家。

主管應該知道我這種詭異的行徑，但只要我的工作進度不delay，

他們也就睜隻眼閉隻眼。

這期間每個星期天清晨，她都會約我一起騎單車，路線不一定。

老是跟同事借單車很怪，我乾脆自己買了輛單車。

騎完單車回家後，我會整理檔案或是打電話，晚上再跟她一起吃飯。

她選的餐廳很怪，店名一定有「家」這個字。

比方貴族世家、三皇三家、咖啡藝術家、我家牛排等。

『為什麼妳選的餐廳名字都有「家」這個字？』

「這樣才有在家裡吃飯的感覺呀。」

『妳這只是單純的幼稚？還是妳渴望家的溫暖？』

「單純的幼稚。」她笑了。

『妳果然是23歲的小女孩。』我也笑了。

她說她老家在雲林，父母都是公務員，她從高中開始出外求學。

唸高二時交了第一個男朋友，高中畢業後就分手了。

「那時才17歲，什麼都不懂。我好像太早談戀愛了。」她說。

『早戀愛總比晚戀愛好。』我說。

「哦？」

『如果妳三、四十歲，結了婚有了小孩，這時突然想談戀愛，豈不是
很慘？』我說，『如果談戀愛的時間不對，那麼寧可早也不要晚。』

「你這只是單純的抬槓？還是真有哲理？」

『單純的抬槓。』我笑了。

「你果然是35歲的歐吉桑。」她也笑了。

『35歲並不老啊。』我抗議。

「23歲也不小呀。」她也抗議。

在這個變動劇烈的時代，差了幾年出生，成長背景和環境便明顯不同。

十歲的差距就足以形成一道又寬又深的代溝。

她從國二開始上網，高一時就有了手機；而我上網的年代雖然較早，

但那也是我研二時的事了，手機更是到南科工作後才辦。

我和她差了12歲，在我們的心裡，難免會覺得彼此間差了一代。
所以我認為她是小女孩，她認為我是歐吉桑。

唸大學期間，她前後交了兩個男朋友，她說他們都是帥哥。
「我的結論是，帥的男生都不可靠。」她說完後，指著我：
「所以你很可靠。」
『謝謝。』我說，『我又想哭了。』
她卻笑得很開心。

可能是貪玩又常常約會的關係，她唸大學時很混，課被當了很多。
「同學都順利畢業了，但我竟然還差26個學分才能畢業。」她說，
「大五上想振作，可惜只過了6學分。大五下一開學又剛好跟男朋友
　分手，心情很差，本想乾脆休學算了，直到遇見了他。」
『看來他是個好人。』我嘴裡雖這麼說，心裡卻像被針刺了一下。

「是呀。」她很得意，「你知道嗎？我大五下總共修了20個學分，
　而且竟然 All pass 耶。」
『那是因為妳的努力。』
「或許吧。」她笑了笑，「其實有沒有拿到學位並不是那麼的重要，
　我最感激他的是，他讓我的人生轉了個彎，不然我再朝以前的方向
　走下去，遲早會看到懸崖，搞不好我還會往下跳。」

我靜靜看著她，沒有接話。

照理說我應該要因為她說到他時的眉飛色舞而不是滋味，但我沒有。

我由衷為她高興，真的。如果說謊的話，我馬上變禿頭。

「歐吉桑。」她說，「我一直提他，你不會不高興吧？」

『不會。』我搖搖頭。

「我沒有把你當成他的替代品哦。」她說，「他是他，你是你。」

『我知道。』我點點頭。

既然提到了他，我便跟她說起這段時間內找solution的過程。

我只簡單說重點，也說了我通常用要找同父異母的弟弟當藉口。

不過中間的挫折和辛勞，隻字不提。

「歐吉桑。」聽完後，她說，「你好有毅力哦。」

『哪裡哪裡。』我說，『我也只剩下毅力了。』

「所以你只剩下心胸、理智和毅力？」

『是的。』

我還得再發揮我的毅力，因為還有35家公司得打聽。

不能再直接走進別人的公司了，那些警衛一定認得我。

我甚至懷疑我的畫像已被貼在公司大門口，一經發現，立刻報警。

苦思了兩天，我決定使出殺手鐧。

我在午休時間快結束前，到別家公司大門口附近堵人。

有些工程師午休時會外出吃午飯，飯後一定要回公司。

我只要隨便堵個人，再請他幫忙就得了。

話是這麼說，但能不能成功我完全沒把握。

我利用午休時間，一天找一家。剛開始去堵人時，我很緊張。

堵到人時，我會先展示掛在胸前的名牌，名牌上有我公司的名字、

我的姓名和職稱，他們便知道我也是南科的工程師。

雖然我們不是同家公司的員工，但電子工程師的氣味相仿，

談吐穿著也類似，很容易會有親切感。

我一五一十說起要找solution的原因，沒有任何隱瞞。

因為電子工程師通常善良而單純，但腦筋與思路卻很清楚。

稍微不合邏輯的事他們馬上能分辨，因此據實以告才是最好的辦法。

「蔡姓工程師、小於等於30歲。就這兩個限制條件？」他們聽完後問。

『嗯。』我點點頭。

「OK。」他們很乾脆，「給我名片，資料整理完後我mail給你。」

『謝謝、謝謝。』我感動得快哭出來了。

有些人甚至要直接幫我問公司的蔡姓工程師是否認識韓英雅，

然後再把結果mail給我。

也有一些工程師聽我說故事時津津有味，聽完後還會說：

「其實你的問題不在於如何找到他，而是在於如何取代他。」

『一針見血啊。』我說。

「有守門員又如何？還是得射門啊！」

『一針見血啊。』

「不過既然你大她12歲，她又那麼漂亮，你還是不要造孽吧。」

『仍然是一針見血啊。』但這次看見的血，是從我的心臟流出。

「我明天就mail給你。」他拍拍我的肩，「如果找到他，請你節哀。」

這個殺手鐧無往不利，我每天都有斬獲，別家的工程師都肯幫我。

依照這種狀況繼續下去，我遲早得節哀。

隨著確定的公司越來越多，solution.xls裡紅色字的部分也越來越多，

只剩20家左右還是黑色的字。

如果南科所有公司都找遍了，卻找不到solution，那該怎麼辦？

找solution的假設條件是她提供的資料正確，蔡、南科、工程師。

但還有個不確定性，就是他是否還待在南科。

萬一他離開南科了呢？

手機又響了，來電顯示的那組號碼，我已經很眼熟。

「歐吉桑。你在做什麼？」她說。

『我正在尋找獵物。』

「嗯？」

『我出來找人而已。』我說，『有什麼事嗎？』

「明天陪我到百貨公司買衣服吧。」她說，「我的衣服都太輕便了，

總不好意思上班時都穿這樣吧。你明天有空嗎？」

『只要是假日，我24小時都有空。』

隔天放假，我們約在百貨公司門口碰面。

時序已是夏秋交接之際，但她的穿著還是那麼清涼。

我得再忍一陣子，等秋天真正來了，我就不必擔心會流鼻血了。

我陪著她走進一些服裝專櫃，偶爾她問我哪件好看？

我只能苦笑著說出都好看這種毫無誠意的答案。

「你要順便買你的衣服嗎？」她問。

『不用。』我說，『我不在百貨公司買衣服，我都隨便穿。』

「你呀，吃隨便、穿隨便、住也隨便、出門騎著破機車。」她說，

「食衣住行都隨便，那你還剩什麼？」

『還有育樂啊。』我說。

「那你有什麼娛樂？」她問，「你又快樂嗎？」

『這……』我竟然完全答不出來。

「這什麼這。你應該要好好認真過日子。」她說，「不然才35歲的你，

　就已經是貨真價實的歐吉桑了。」

她的話突然點醒了我。是啊，我到底在過什麼樣的日子？

每天認真工作到底是為了什麼？是為了想成為蜜蜂嗎？

「還發什麼呆？」她說，「幫我看看，這件漂不漂亮？」

我回過神，看見她試穿了一件新衣服，正站在一面全身鏡前。

這面全身鏡也許經過特別設計，使鏡子裡的人看起來特別明亮。

因此鏡子裡的她顯得非常亮麗，渾身散發出的亮度更是十分刺眼。

我不由得往前走了兩步，想看得更清楚，但自己卻也入鏡。

原來這面全身鏡很正常也很誠實，因為我身上完全沒有亮度。

我彷彿聽見鏡子說：「歐吉桑，你帶著你女兒來買衣服嗎？」

這面鏡子應該以謀殺罪被起訴，因為我照了後大概會吐血身亡。

我已經有好幾年沒照這種全身鏡了，沒想到它可以讓我看清自己。

雖然很遺憾，也很不想承認，但我和她的差距實在太大了。

「到底好不好看嘛。」她轉身又問。

『不公平。』我說，『妳怎麼可以這麼漂亮。』

「很好。」她笑了，「雖然你沒認真過日子，但你起碼說話有趣。」

『哪裡哪裡。』我說，『我也只剩下有趣了。』

「所以你只剩下心胸、理智、毅力和有趣？」

『嗯。』

她笑了笑，決定買下這件衣服。

她總共在這間百貨公司買了四件衣服、兩件裙子、一條褲子。

走出百貨公司時，她似乎很高興，好像終於解決了一件煩心的事。

「如果沒有你，我不可能買這麼多。」她說，「自己逛百貨公司時，

總是猶豫不決，根本拿不定主意到底要不要買。所以真謝謝你。」

『不客氣。』我說，『但其實我又沒做什麼。』

「你做了很多呀。」她笑了，「你讓我覺得，我穿什麼衣服都漂亮。」

『事實是這樣沒錯啊。』

她又笑了起來，越笑越開心，我不知道她在笑什麼。

「如果他一直沒出現，你就當我男朋友好了。」笑聲停止後，她說。

『我當然很想，但是不行。』我說，『我一定要找到他。』

「歐吉桑。」她說，「你好偉大。」

『哪裡哪裡。』我說，『我也只剩下偉大了。』

「所以你只剩下心胸、理智、毅力、有趣和偉大？」

『是啊。』

某種程度上，我應該可以算偉大。

因為其實我不想找到他，但我卻拚了命找他。

而且我還要繼續拚命。

7.

秋天好像到了，早上出門上班時，已經可以感受到微微的涼意。

尤其是這個禮拜天的清晨，準備騎單車赴約時，覺得天氣很涼，

趕緊又回家披了件薄外套再出門。

沒想到一看見她，她竟然又是只穿牛仔褲加短T恤。

『喂。』我說，『請妳尊重一下現在的天氣吧。』

她只是一直笑，沒回答我，轉身便往前騎。

我趕緊跟上，跟她並排騎車。

這次的路線和第一次跟她相約騎單車時一樣，沿著安平堤頂，

騎到鹽水溪出海口。

到了盡頭，我們依舊並肩坐在堤頂上，吹吹風，看看海。

在現在的天色下，海天幾乎一色。

我突然想到她的衣衫單薄，便脫掉外套，想讓她披上。

但隨即又想起，外套一定滿是我的汗臭味，只得作罷。

然後再悄悄穿上外套。

「謝謝。」她發現了，笑了笑。

我倒是有點尷尬。

『我應該快找到他了。』我試著找話題。

「哦？」她微微一楞，「真的嗎？」

『應該吧。』我說。

「辛苦你了。」她站起身，「吃蛋餅吧。」

『嗯。』我也站起身。

只剩下15家還沒確定，如果沒意外，我想應該快找到了。

隔天上班時，我依舊在午休時間去堵別家公司的工程師。

『不好意思。』我向他展示掛在胸前的名牌，『我是南科的工程師，
　不是推銷員。我想拜託你一件事。』

「什麼事？」他問。

我開始講起我和她認識的過程，這故事我已經講了20遍，熟的很。

「你是說，那女孩以為你是她在Blue wave認識的蔡姓工程師？」

我才講了兩分鐘，他便打斷我，語氣似乎很驚訝。

『是的。』我說，『因為她只知道他姓蔡、在南科當工程師。而我剛好
　也符合這兩個條件。於是……』

「等等。」他很激動，又打斷我，「我也符合啊。」

『是嗎？』我吃了一驚。

我仔細打量眼前的他，年紀應該是30歲以下，身形和我差不多。

他沒戴眼鏡，五官稱不上帥，但斯斯文文，長相算清秀。

『你認識韓英雅嗎？』我問。

「我認識啊！」他情急之下抓住我肩膀，「你知道她在哪裡嗎？」

『你先冷靜一下。』其實我也很激動，『請讓我問你幾個問題，然後
　我再告訴你她在哪裡。』

「抱歉。」他鬆開抓住我肩膀的手，「你問吧。」

『你動過近視雷射手術？』我問。

「嗯。」他說,「那是今年二月的事了。」

『你見過韓英雅幾次?』

「只有兩次,都在 Blue wave。」他說,「那時她白天唸大五,晚上
　是百威啤酒的酒促小姐。」

『最後一個問題。』我問,『你的朋友都叫你什麼?』

「因為我叫蔡政傑,諧音是正解。」他笑了笑,「所以熟一點的朋友
　就叫我 solution。」

政傑就是正解,也就是 solution。

經過三個多月的找尋,我終於找到正解 ——solution。

就像小時候看的《萬里尋母》這部卡通,跋山涉水甚至是飄洋過海,
歷盡千辛萬苦後,馬可終於找到媽媽了。

記得看到馬可跟媽媽重逢那一集時,我哭得一塌糊塗。

好感人啊,馬可終於找到媽媽了。

然後呢?

我們找個地方坐了下來,他開始跟我說起認識她的過程。

原來他要去大陸出差那天,在香港轉機時,手機竟然掉了。

他只好先打電話回台灣,暫停門號的通話服務。

一個月後他回台灣,第一件事就是復話,但電信業者告訴他,

他的門號早已被回收,而且也已經有人使用了,他只能申請新門號。

他很生氣,但電信業者置之不理,他只好去跟消保官投訴。

可惜一直沒有結果。

「她的手機號碼存在我的手機裡，所以我也無法聯絡她。」他說，
「我去了Blue wave幾次，但都沒找到她。後來才知道，她已經不做
　酒促小姐了。」
我終於明白他和她錯過的原因了。
如果當時她問他在哪家公司上班，或是他問她在哪間大學唸書，
也許結果就會不一樣了。

我調出手機的通話紀錄，把她的號碼給他。
他很慎重拿出筆，並從皮夾抽出一張名片，把號碼寫在名片上。
他默唸了幾遍，似乎想記熟，然後再把那張名片放回皮夾收好。
「我不敢再只依賴手機的通訊錄了。」他苦笑著。
『請給我一張你的名片。』我說，『我也會把你的號碼給她。』
「謝謝。」他趕緊又從皮夾抽出一張新名片給我。

『你不用再找消保官了。』我說，『我明天會去取消我的門號，你記得
　要趕快再去申請這門號。』
「這樣不好吧。」他說，「你不必這麼做。」
『沒關係。』我勉強笑了笑，『我想這個門號對你們而言，應該有特別
　的意義。』
「那……」他似乎很不好意思，「讓你添麻煩了。謝謝你。」

『我想麻煩你一件事。』我說,『能不能請你明天再打電話給她?』

「為什麼?」

『今晚我想打電話告訴她我已經找到你了,給她一個驚喜。』

「沒問題。」他說,「我明天再打。」

『謝謝你。』

「請別這麼說,該說謝謝的人是我。」

『對了。』臨走前,我又想到一件事,『請問你幾歲?』

「我今年28歲。」他說。

跟我認識第二個女朋友時的年紀一樣,有點年輕又不會太年輕。

不曉得他會不會也像我當時一樣衝動?

如果他像我當時一樣衝動,會不會無法包容她的任性?

『她喜歡騎單車。』我說,『如果可以,你也盡量培養這個興趣。』

「騎單車嗎?」他想了一下,「我盡量。」

『是在天剛亮的清晨喔。』

「啊?」他似乎嚇了一跳,「這個嘛……」

『一大早起來運動對身體很好,你就當養生吧。』

「只能這麼想了。」他苦笑著。

『還有她吃飯時喜歡找名字有「家」這個字的餐廳,她說這樣才有
  在家裡吃飯的感覺。』我說,『請你不要笑她幼稚。』

「嗯。」他點點頭,「我知道。」

『還有⋯⋯』
我想了許久，或許因為方寸已亂，始終想不出還要交代什麼？

「還有什麼呢？」他問。
『沒了。』我說，『我該走了。』
「我剛剛沒看清楚你的名字。」他問：「能不能請問你的大名？」
『我只是單純的愛花之人，所以才求人之水。』
「嗯？」
『先這樣。』我竟然學起她的口吻，『bye-bye。』

我慢慢走回公司，腳步很沉重。
雖然相信自己一定會也一定要找到solution，
但我從沒想像找到solution之後，會是什麼樣的心情？
如今我已經體會到了，因為我的腳步已經告訴我。

回到公司後，我整個下午魂不守舍，心不在焉。
他既然已經出現，我該以什麼樣的角色陪在她身旁呢？
或許我可以單純扮演朋友的角色，但我做得到嗎？
我無法在已經喜歡她的情況下，單純扮演朋友的角色。
如果繼續陪在她身旁，那麼我和她之間將會錯著過。
與其錯著過，倒不如錯過。

從找到 solution 的那一刻開始，一直到下班回家，
腦海中不斷浮現加賀千代女那首傳誦千古的俳句。
我在心裡反覆吟誦，無法自已。

朝顏生花藤
百轉千迴繞釣瓶
但求人之水

日本人把牽牛花叫做「朝顏」，因為牽牛花的生命只有一個早上。
她只在早晨綻放美麗的花朵，但中午之前花朵就會枯萎。
牽牛花是纏繞植物，她的莖會纏繞或匍匐生長，像藤蔓一樣。
「釣瓶」就是井邊的吊桶，以繩索綁住吊桶，便可以從深井中取水。

一早起來到井邊打水，發現可愛的牽牛花正悄悄在井邊綻放。
然而牽牛花的藤蔓卻繞著井繩並纏住了吊桶。
如果要打水，勢必會扯斷纏繞住井繩和吊桶的藤蔓。
愛花的人不忍心傷了朝顏，只好去向鄰家討水。
或許討來了水之後自己卻捨不得用，反而拿水去灌溉朝顏。

以前讀這首俳句時，隱隱覺得有禪意，也有慈悲心。
難怪加賀千代女後來會剃髮為尼，遁入空門。
而我現在對這首俳句有更深的感觸。

牽牛花真的很漂亮，為了讓花開得燦爛，我寧可不喝水。

我拿起手機，調出通話記錄，停在她的號碼。

10秒後，手機的螢幕暗了，我再按個鍵讓螢幕亮起。

螢幕忽明忽暗了三次，我終於下定決心，按了通話鍵，回撥給她。

沒想到第一次打給她，就是為了告訴她，我已經找到他。

「唷！」她笑了起來，「什麼風把您吹來？真是稀客稀客，歡迎光臨

　My phone。您是升了官？加了薪？撿到錢？還是中了樂透？沒想到

　您肯大駕光臨，我真是三生有幸，臨表涕泣，不知所云。」

『我……』她劈里啪啦說出一長串話，我反而詞窮。

「等等，讓我先做好心理準備。」她似乎深深吸了一口氣，「說吧。」

『我找到他了。』

「他？」她很驚訝，「真的嗎？」

『嗯。』我說，『他叫蔡政傑。政治的政，豪傑的傑。妳要記好。』

「哇！」她叫了一聲，「歐吉桑，你太強了！我給你拜！」

『還有他在台達電上班，妳也別忘了。』

「謝謝你。」她說完後便又笑個不停，越笑越開心。

真的是好甜美的聲音，像療傷系音樂一樣，讓人有舒服平和的感覺。

『我可以叫妳英雅嗎？』我等她笑聲稍歇後，問。

「你有病呀，當然可以呀。」她笑罵一聲，「只是你老是妳呀妳的
　稱呼我，不知道在龜毛什麼。」

『那麼英雅，妳……』我吞吞吐吐，『妳……嗯……』

「說呀。」她催促我，「你到底想說什麼？」

『妳一定要幸福喔。』我說。

「唷！」她又笑了，「幹嘛學日劇的對白？」

『這是日劇的對白嗎？』

「是呀。」她說，「我高中時很迷日劇，裡面的對話就是這種調調。」

『天空是碧藍的，海洋是廣闊的，而英雅是美麗的。』我說，
『這才是日劇對白的調調。』

「永遠在一起吧。三十年、四十年、五十年，我們永遠在一起吧！」
　她說，「這也是日劇對白的調調。你還能想到別的嗎？」

『我會等妳回心轉意，但只有一百年。』我說。

「如果我的生命變得一團亂，那是因為你不在我身邊的關係。」她說，
「還有沒有？」

『還有……』我突然醒悟，『喂，我不是要跟妳討論日劇。總之妳
　一定要幸福喔。』

「我知道啦。」她說，「不管是在風裡、在雨裡、在你我夢中相遇的
　夜晚裡，我都會幸福的。」

『這不是日劇，這是瓊瑤。』

「你說的對。」

我們竟然很有默契，同時笑了起來。

『差點忘了。』我趕緊拿出他的名片，『我唸他的手機號碼給妳。』

「嗯。」她說，「你唸吧。」

『妳拿出筆了嗎？』

「當然。」她說，「我又不像你會騙我。」

『那次真的很抱歉。』我耳根開始發熱。

「那已經是過去的事了。」她笑了笑，「不過我一直很想問你，那時
　你明明不認識我，為什麼還要跟我道歉而且抄下我的新號碼？」

『因為那時候的妳，聽起來很傷心。』

「你那時又不認識我，為什麼會在乎我傷心？」

『因為……』我想了半天，想不出理由，只得沉默。

她也沒說話，似乎正等著我說出個理由。

「你真的是一個溫柔的人。」過了許久，她才打破沉默。

『我也只剩下溫柔了。』我說。

「你只剩下的東西還真不少。」

『不過現在只剩下要告訴妳他的手機號碼而已。』

「只剩下？」她很疑惑。

『沒事。』我說，『我要開始唸了，妳要仔細聽好喔。』

我唸了兩遍他的號碼，然後告訴她我也把她的號碼給了他。

『他應該明天就會打電話給妳。』我說。

「不用等明天。」她說，「我待會就打給他。」

『這樣也好。』我說，『希望這次你們不要再錯過了。』

「要再錯過很難吧。」

嗯，我想應該差不多了。

『我說過妳的聲音很好聽嗎？』

「你說過幾次。」

『那我再說一次。』我說，『英雅，妳的聲音很好聽。』

「謝謝。」

『我說過妳長得很漂亮嗎？』

「開玩笑的時候說過幾次。」

『那我這次正經地說。』我說，『英雅，妳長得很漂亮。』

「謝謝。」她笑了。

『那……』我拖長了尾音，『先這樣。bye-bye。』

「唷！」她又笑了起來，「你在學我哦。」

『妳怎麼老是唷啊唷的？』

「表示驚訝呀。」

『喔。』我說，『總之，bye-bye。』

「嗯。」她說，「bye-bye。」

我用左手拇指按了紅色的結束鍵，掛斷電話。

然後咬著牙，再用左手拇指按著紅色的結束鍵三秒，關掉手機電源。

8.

我隔天立刻去換了新門號，付了一筆換號費。

承辦小姐告訴我，一般門號回收後大約要經過三個月，

才會再把門號租給下一個使用者。

「不過我也碰過不到一個月就把號碼再租給別人的例子。」她說，

「這種疏失很容易會造成下一位使用者的困擾。」

對我而言剛開始確實是困擾，但後來卻演變成一場美麗的邂逅。

『我應該要給貴公司一筆邂逅費。』我說，『可以刷卡嗎？』

「呀？」她一頭霧水。

『沒事。告辭了。』我說，『千山我獨行，不必相送。』

我似乎又開始對年輕的異性說些言不及義的話了。

「什麼？」我去更改手機號碼時，人事部門的熟女大叫，「你幾個月前
　才剛改過，現在又要改，你煩不煩？」

『妳每天化大濃妝都不嫌煩，我每幾個月才換一次手機號碼為什麼要
　覺得煩？』

「你……」她指著我，氣得說不出話。

『抱歉。』我說,『我剛剛說錯了,其實要把濃妝卸掉比較煩吧。』
「給我滾!」她終於可以說出話了。

看來我對熟女也可以說些無聊話了。
這樣也好,反正我接下來應該要認識一些輕熟女或是熟女。
如果再認識年輕女孩,我想……
我不敢再想了。

我似乎又在人生中按了一次 Reset。
雖說又是重新開始,但反而回到第一次按 Reset 之前的日子。
日子枯燥、人快枯萎、存在感薄弱。
晚飯又不知道該吃什麼,往往只能到巷口 7-11 買個御便當。

「要加熱嗎?」看起來才 20 歲的女店員問。
『再熱也無法溫暖我這顆冰冷的心。』
「呀?」
『請加熱。』我說,『謝謝。』

我常想起她,也懷念跟她在一起的日子,包括騎單車、吃晚飯、
甚至是那段莫名其妙通電話的日子。
我這時才發覺,她甜美的聲音果然是一種療傷系音樂,
所以跟她相處的那段日子,我的身心都很健康。

如今她的聲音只存在於記憶，而且越來越模糊，我覺得自己快生病了。

這樣下去不行，我得振作，我也該聽她的話，好好認真過日子。
為了不想成為蜜蜂，我開始在食衣住行育樂方面做點改變。
例如我不再老是包便當或是到7-11買御便當，我會試著煮東西吃。
雖然大概只是煮水餃之類的小兒科廚藝。
我也決定騎單車上下班，反正我住的地方離公司很近。
假日清晨就騎單車到郊外，越騎越遠，汗也越流越多。
所有負面情緒和寂寞空虛感似乎會隨著汗水排出體外。

換新手機後一個月，我去了一趟日本，五天四夜的單車旅行團。
前三天都是在石川縣白山市附近騎單車遊景點，大約騎了50公里。
印象最深的是沿著手取川騎向日本海的這段路程，
因為我沿途不斷回憶起跟她沿著安平堤頂騎到鹽水溪出海口的往事。
最後一天我脫團獨自到白山市的「千代女の里俳句館」逛逛。
我在展覽室看見加賀千代女親筆寫下的掛軸：
「朝顔や　つるべとられて　もらひ水」

加賀千代女寫這首俳句時是35歲，和我現在的年紀一樣。
或許35歲是個心境開始轉變的年紀。
回想交第一個女朋友時太年輕，關於愛情的概念，似懂非懂。
大概只知道喜歡就在一起，不喜歡就拉倒。
交第二個女朋友時，覺得自己夠成熟，也知道要珍惜愛情的緣分。

但我卻不懂包容與體諒，不懂當女生說冷時，其實不是要你給她外套，
而是要你給她一個擁抱。

如今因為她的出現，讓我學會包容與體諒。
雖然聽起來可能會有點噁心，但我打從心底認為只要她花開燦爛，
我便心滿意足。
我真心憐惜朝顏之美，根本沒想到我得喝水。

回台灣後，我在工作崗位上變得更有活力。
下班後也會找些事來做，日子過得算充實，空閒時不會無聊到爆。
她說的沒錯，只要改變過日子的態度，人生就會不一樣了。
我不再用毛筆寫英文字，改用原子筆寫，果然順手多了。

有天下午我去找客戶確認一下他們對產品的要求，六點左右回公司。
一進公司剛好碰見那個人事部門的熟女。
「喂。」她叫住我，「下午有人打電話來公司找你。」
『誰？』
「你同父異母或是同母異父的妹妹。」
『到底是同父異母？還是同母異父？』

「我忘了。」她說，「這有差嗎？」
『當然有差！』我大叫，『我媽媽才不可能在外面偷偷生個女兒。』

第五章

「那你爸爸呢？」

『這我就不敢說了。』

「那她大概就是你同父異母的妹妹吧。」

『問題是我哪來的同父異母妹妹？』我又大叫。

「她只說她哥哥姓蔡，在我們公司當工程師，今年35歲。」

『蔡坤宏也是35歲啊。』

「她確認過了，不是蔡坤宏。」

『可是……』

「不說了，我要下班了。」她說，「你妹妹今天晚上會打手機給你。」

『打手機？』

「是呀。」她說，「我給了她你的手機號碼。」

『喂！』我第三次大叫，『妳不確定她是誰、我也不知道她是誰，

　妳為什麼隨便把我的手機號碼給人？』

「因為我看你不爽呀。」她竟然笑了，「bye-bye。」

我帶著滿肚子疑惑騎單車回家，越想越覺得不對勁。

這種說法好像是我當初找solution時的藉口，難道會是她？

莫非她也像我一樣，在南科一家一家找35歲的蔡姓工程師？

這不可能吧。她並沒有一定得找到我的決心和毅力。

況且我在南科佔了地利人和之便，也得花三個多月心血才找到他，

而離開她至今也才一個半月，她怎麼可能這麼快便找到我？

如果不是她，那麼會是誰？難道我真有同父異母的妹妹？
又不是演電視劇，主角總是愛上同父異母或同母異父的妹妹，
然後才發覺彼此有血緣關係，於是痛不欲生，相約一起去跳樓。
如果既不是她，也不是同父異母的妹妹，那麼到底是誰在耍我？
算了，等接到電話後再說吧。

我打開冰箱，拿出一包冷凍水餃，打算今天晚飯就吃水餃。
扭開瓦斯爐燒水，水還沒開，手機卻先響了。
我從左邊褲子口袋掏出手機，低頭看了看，來電顯示是一組號碼。
她的號碼我雖然眼熟，但現在我只記得前四碼，
而這四碼竟然和來電顯示的前四碼一樣。

『喂。』我按鍵接聽，很緊張。
「你好。請問你是在晶元光電上班的工程師嗎？」
這聽起來應該是女生的聲音，但聲音很低沉，像掐著脖子說話。

『嗯。』我語氣很謹慎。
「你是不是姓蔡，而且今年35歲？」
『沒錯。』我問，『請問妳有什麼事嗎？』
「你認識韓英雅嗎？」

『啊？』我嚇了一大跳，『這……』

「這什麼這，你到底認不認識韓英雅？」

『我認識。』

「哥哥！」她叫了一聲，「我終於找到你了！」

她似乎不再掐著脖子說話，聲音變正常了。

啊？這是韓英雅的聲音啊。

『妳……』我舌頭打結了，『妳怎麼……』

「歐吉桑。」她笑了，「你在做什麼？」

『我正在煮水餃。』

「那麼先把火關了。」她說，「我要跟你說話。」

『喔。』我關了火。

「我想問你一件事。」她說。

『什麼事？』

「我頭髮慢慢的長了，要繼續留嗎？還是剪了？」

『繼續留吧。冬天快到了，長頭髮好，可以保暖。』

「嗯。」她笑了笑，「其實你只是不希望我花錢去剪頭髮吧。」

『妳猜對了。』我竟然也笑了。

「你最近好嗎？」她問。

『還好。』我說，『妳呢？』

「不好。」

『為什麼？』

「如果我的生命變得一團亂，那是因為你不在我身邊的關係。」

『喂，不要再用日劇的對白說話。』

「這不是日劇。」她說，「這是我的現況。」

『真的嗎？』

「嗯。」她說，「自從你不理我之後，我就不騎單車了。而且我打算以後都不騎了。」

『妳不可以放棄單車，如果妳放棄了單車，單車會很可憐的。』

「你自己還不是用日劇的對白說話。」她笑了。

『抱歉。』我也笑了笑，『總之妳還是要騎單車。』

「那這禮拜天你陪我騎。」她說。

『好。』我問，『還是6點碰面？』

「快冬天了，天沒那麼早亮。」她說，「改約6點半吧。」

『嗯。』

「先這樣。」她說，「bye-bye。」

『bye-bye。』

她掛了手機。

啊？

我剛剛在做什麼？

除了發現是她打來的那個瞬間覺得很驚訝外，之後我竟然都不驚訝？

最重要的是，我怎麼沒問她跟solution之間現在是如何？

而且我也沒問她怎麼找到我、為什麼要找我之類的問題。

難道是因為我太習慣跟她講手機，以致於即使已經一個半月沒聯絡，

我和她之間依舊可以很自然的交談？

禮拜天清晨，我在約定前10分鐘抵達，天才濛濛亮。

看來這陣子騎單車上下班讓我的體力變好了，騎單車的速度也變快。

10分鐘後她也抵達，天色終於明亮。

「歐吉桑。」她指著身上穿的外套，「我有尊重現在的天氣哦。」

『很好。』我笑了笑。

她也笑了笑，轉身向前騎，我立刻跟上，跟她並排騎車。

像以前一樣，我們邊騎邊聊幾句，偶爾會沉默。

不用刻意配合對方的速度，我們始終並排騎車。

我懷疑我們可能連呼吸的頻率都一致。

這一個半月以來，應該發生了很多事，但又好像什麼事都沒發生。

我們停下單車，並肩坐在堤頂上，今天的天氣好得沒話說。

我突然發覺，這次的路線仍然是沿著安平堤頂到鹽水溪出海口。

可是我們剛剛並沒有先說好要騎這條線啊。

為什麼我們會很有默契一起騎到這裡？

『妳怎麼找到我？』我問，『難道妳真是一家一家找？』

「剛開始時確實是這樣。」她說，「不過我打了20幾家公司詢問後，便放棄了，因為實在太難了。」

『那為什麼……』

「等等。請讓我先讚美你。」她打斷我，「當我親自試過才知道這有多麼困難，也才知道這需要多大的決心和毅力才可以做到。所以你太強了，我給你拜。」

『這沒什麼。』我有些不好意思，『妳過獎了。』

「後來是因為他說你在晶元光電上班，我才能找到你。」

『他怎麼會知道？』我很驚訝。

「你忘了嗎？」她說，「你找到他時，曾給他看了你的名牌，所以他知道你上班的公司。」

『原來如此。』我恍然大悟，『可是妳為什麼要找我？』

「那你呢？」她反問，「你又為什麼要找他？」

『這……』

「這什麼這。」她說，「回答問題吧。」

『我覺得一定要找到他，妳才會真正快樂。』

「我的想法和你的想法類似。」

『類似？』

「嗯。」她笑了笑，「我也覺得一定要找到你，我才會真正快樂。」

『可是他……』

「我當然很感激他，因為他讓我的人生轉了個彎，轉到正確的方向。」
她又打斷我，「但轉彎之後，卻一直是你陪著我走呀。」
『我……』
「我什麼我？」她說，「我雖然年輕，或許不算成熟，但還是分的出來
　什麼是感恩一個人的心情，什麼又是喜歡一個人的心情。」
『但我整整大妳12歲啊。』

「你試著回憶一下。」她說，「25年前，當你10歲的時候，有沒有
　碰到一位70歲的老婆婆對著你倚老賣老呢？」
『應該沒有吧。』
「我那時大你60歲都沒有倚老賣老了，你現在才大我12歲，為什麼
　卻要倚老賣老？」
『我很認真耶。』我說，『但妳竟然在唬爛。』
她格格笑了起來，笑聲好甜好美。

『妳這陣子真的過的不好？』等她笑聲停止後，我問。
「嗯。」她點點頭。
『也沒騎單車？』
「嗯。」她又點點頭。
『那我以後還是陪妳騎單車吧。』
「好呀。」她笑了，「讓我們一起騎單車，減少地球暖化吧。」

『暖化沒什麼不好。』我說。

「咦？」她很驚訝，「你怎麼會這麼說？」

『人心是如此冰冷。』我笑了笑，『所以這個世界還是熱一點好。』

「你自己還不是在唬爛。」她又笑了起來。

起風了，海風從海面上吹向陸地，帶來一股涼意。

『妳汗擦乾了嗎？』我問。

「擦乾了。」她說。

『那麼就享受現在的風吧。』

「嗯。」

我抬頭看看天、低頭看看海、轉頭看看她。

「你在想什麼？」她問。

『沒什麼。』我笑了笑。

天空是碧藍的，海洋是廣闊的，而像朝顏一樣的英雅是美麗的。

寫在《蝙蝠》之後

《蝙蝠》這本書包含了三篇各約三萬字的小說 ——
〈米克〉、〈蝙蝠〉、〈求人之水〉。

其中〈米克〉和〈蝙蝠〉的題材和我之前的寫作題材相比，
可能有明顯差異。
題材或許有差異，但行文風格我想是一樣的，我大概就是這樣了。

很多寫作者一生都在追尋屬於自己的風格，
然而一旦形成自己的風格後，卻又千方百計想打破它。
因為怕讀者會說：怎麼老是這樣的風格，不知長進。
所以寫作者是很可憐的，因為會想太多。
我很慶幸自己並不會想太多。

很多東西會變，作者的心態也會變。
改變通常是自然形成的，不必刻意，時間就是最強的氧化劑。
30歲的你自然跟20歲的你不一樣。
一個寫作者應該成長，應該努力寫出更好的小說。
讀者的期望是看到這個作者寫出更好、更深刻的小說。
這點作者要謹記在心。
我也謹記在心，不曾稍忘。那麼這就夠了。

在我的寫作歷程中，由於現實生活還有正職的緣故，

往往寫完一本書後要等半年以上才寫下一本，有時甚至會等一年半。

在等待的時間內，我一個字也不寫，甚至也不去想關於寫作這件事。

但《蝙蝠》不同，在寫完《鯨魚女孩‧池塘男孩》之後，

我想立刻動筆，連一天也不想等。

不過現實的環境並不允許，我還是等了四個月才動筆。

之所以會想立刻動筆，是因為寫《鯨魚女孩‧池塘男孩》的過程中，

我想起以前那種很想寫點什麼的衝動，也想起一些曾經遺忘的東西。

因此我想趁著還記得時，趕緊動筆完成。

〈米克〉和〈蝙蝠〉就是在這種情況下誕生。

這兩篇我在幾年前就想寫了。

這十幾年來，我寫的東西都被歸類為愛情小說。也因此我常被問：

「會不會想寫別的題材的小說？而不是只寫愛情小說？」

有的寫作者可能會被激起鬥志，或為了證明自己也可以寫別的題材，

於是刻意挑選不同的題材書寫，甚至徹底改變自己的寫作風格。

但我不會。

我不會藉著寫各式各樣的題材來證明自己很厲害，什麼題材都會寫。

如果要證明自己很厲害，那我會做別的事，不需要寫小說。

比方我可以加入地球防衛隊保護地球。

扯遠了。拉回來一點。

因為〈米克〉和〈蝙蝠〉的題材明顯跟愛情無關，

所以你可能會以為我是否想做些改變，或是想轉型之類的。

但我沒有這種想法，如果我只是因為想轉型而刻意轉型，

那麼你可能會覺得我好像只是去整型。

即使〈米克〉和〈蝙蝠〉看起來跟愛情無關，

但這兩篇故事裡面也描述了一點愛情成分。

如果我在這兩篇故事中，再加強一些關於愛情的敘述，

搞不好〈米克〉和〈蝙蝠〉也會被視為愛情小說。

所以也許之前我寫的東西都被歸類為愛情小說的癥結，

其實只是因為小說中愛情部分的光芒太耀眼，蓋過其他非愛情部分。

嗯，這樣想的話，事情就單純多了。

不過如果我陶醉在這種自我幻想中，你會不會想打我？

言歸正傳。

我不會刻意挑選題材來寫作，因為題材不是重點，重點是故事本身。

因為〈米克〉和〈蝙蝠〉是我想寫的東西，

於是我用適合的文字和情節組合成故事，這就是我在做的事。

〈米克〉和〈蝙蝠〉很像，這兩篇故事的濫觴都只是一段話。

〈米克〉是：

「在你身邊讓你珍愛的動物，可能是你前世的親人、朋友或是愛人，
　當牠陪你度過你這輩子最艱難的歲月後，便會離去。」

〈蝙蝠〉則是：

「死去的親人或愛人會化身成蝙蝠，飛回家看他生前所掛念的人。」

另外很巧的是，這兩篇的字數幾乎相同，寫作時間也都是一個月。

每個寫作者心中都有一片沃土，當種子灑下，他得細心呵護照料，
讓她長成應該要長成的樣子。

每朵花都有她自己的樣子，不需要也不應該勉強把牽牛花種成玫瑰。

對我而言，當〈米克〉和〈蝙蝠〉的種子在我心中灑下，
我便耐心等她們發芽，然後澆水施肥，最後讓她們開花。

我很欣慰〈米克〉和〈蝙蝠〉都長成她們應該要長成的樣子。

以上的文字並沒有暗示我是一個很厲害的作者，請別誤會。

因為你知道的，我一向是個謙虛低調的人。

可惜如果一個人的優點實在太多，卻要他避免提到自己的優點，
那是件很艱難的事。

所以當我不小心洩露出自己的優點時，請你見諒，我已經盡力隱瞞了。

〈米克〉的主角是一條狗。

狗似乎常在我的作品中跑龍套，例如《亦恕與珂雪》和《孔雀森林》。

而《夜玫瑰》中，一隻叫「小皮」的狗，甚至扮演分量不輕的角色。

現實生活中，我養的狗也叫「小皮」，今年十歲。
每當我寫東西時，牠總會安靜趴在我腳下陪著我。
我常邊打字邊用腳掌撫摸牠的身體。
別的寫作者可能會有神來之筆，但我通常是狗來之筆。
所以如果我的文字很白目，請你多包涵。

〈蝙蝠〉裡提到的傳說，我小時候聽長輩說過。
不過身旁的人似乎都沒聽過這種傳說。
後來我猜想蝙蝠傳說的源頭，可能只是一個善意的謊言。
我也漸漸明白，很多迷信和忌諱可能只是一種單純的心情，
並非無知。

〈求人之水〉是我今年年初想寫的東西，原本預計明年才動筆。
不過寫完〈米克〉和〈蝙蝠〉後，我想再寫一篇三萬字的故事。
〈求人之水〉在我的預計中剛好是三萬字左右，所以就寫了。
這樣也好，不然如果放著，很可能會像〈米克〉和〈蝙蝠〉一樣，
在我心裡壓了幾年後才寫。

〈求人之水〉的濫觴是那首俳句，我便以那首俳句的氛圍寫故事。
說來你可能不信，我第一支手機就是在香港轉機時遺失。
而這兩年來，偶爾會有女孩子打電話問我近來過得如何？
但我並不認識她。
Whoever reads this fiction，請你轉告她，

我真的不是她認為的那個人。

總之這三個故事組合成我的第 11 本書，請指教。
寫作者的際遇往往會有兩種極端 ——
懷才不遇、懷不才卻遇得亂七八糟。
我是屬於後者。
所以我很感恩，也很誠惶誠恐。
我不得不竭盡所能，寫好每一個故事。

處在這個變動劇烈的時代中，篤信的價值觀或許會動搖。
但我認為自己並未改變，我依然只是個在網路上寫小說的人而已。
我喜歡簡單寫、單純寫，對文學價值沒有強烈的企圖心。
我只希望能保有寫作者那顆最初也最完整的心。
那就是文字本身，那就是故事本身。
那就是寫作者心中那處明亮的地方。

而我只是很努力，很努力將那種亮度帶給你而已。

2010 年 10 月　於台南

新版後記

《蝙蝠》在2010年10月初版，至今剛好滿7年。
這本書包含了三篇各約三萬字的小說 ——
〈米克〉、〈蝙蝠〉、〈求人之水〉。
《蝙蝠》這書名即是選擇其中一篇小說的名字而定。

在我至今20年的寫作生涯中，出了13本小說。
除了《蝙蝠》外，其他12本主要被視為愛情小說。
而這本書中的〈求人之水〉雖然仍被視為愛情小說，
但另兩篇〈米克〉和〈蝙蝠〉幾乎沒人說是愛情小說。
而且由於很多人在閱讀這兩篇的過程中會流淚，所以叫它催淚小說。

可是催淚小說並不精準，因為如果你花錢買了一本難看到爆的小說，
那也是很催淚的。
所以《蝙蝠》很難被歸類為某一類型的小說。
歸不歸類或怎樣歸類從不是我在意的點，因為類型不是重點，
重點是故事本身。

《蝙蝠》裡三篇故事的濫觴都只是一個概念。
〈米克〉是：
「在你身邊讓你珍愛的動物，可能是你前世的親人、朋友或是愛人，當
　牠陪你度過你這輩子最艱難的歲月後，便會離去。」
〈蝙蝠〉則是：
「死去的親人或愛人會化身成蝙蝠，飛回家看他生前所掛念的人。」

而〈求人之水〉的濫觴是那首俳句：
「朝顏生花藤。百轉千迴繞釣瓶。但求人之水。」

這些概念就是種子，而我的心中有一片沃土。
當種子灑下，我便細心呵護照料，勤於澆水施肥，直到開花。
而所謂的「沃土」，是我心中那處溫暖而明亮的地方。
每當寫作時，我總是很努力想將那種亮度與溫暖帶給你。

在我寫過的小說中，《第一次的親密接觸》最負盛名；
而《檞寄生》是公認寫得最好。
但隨著時間累積，《蝙蝠》的評價越來越高，甚至超出《檞寄生》。

對一個寫作者而言，如果要他評比自己作品的高低，是件殘忍的事。
因此如果你問我：
《第一次的親密接觸》、《檞寄生》、《蝙蝠》哪本寫得最好？
我只能裝死，或說些不著邊際的客套話來混過去。

但我可以用比喻或者形容。
寫《第一次的親密接觸》時像是身在遼闊草原的20歲大孩子，
覺得這世界處處新鮮，內心充滿好奇，並且可以毫無拘束奔跑。
寫《檞寄生》時像是在暴風雨中頂著風雨前進的30歲男子，
雖然步履維艱，但仍努力邁開大步，期待能走出風雨看見陽光。

寫《蝙蝠》時，是坐在沙灘上看夕陽落下的40歲中年人。
眼前是橙黃色的世界，四周只有海浪聲，遠處的漁船正要返航。
而我只是訴說漁船帶回來的故事。

不管是20歲大孩子、30歲男子、40歲中年人；
不管是身在遼闊草原、頂著風雨前進、坐在沙灘上看夕陽；
不管文字風格、寫作手法等等是否有所改變，
我寫作的初心，都是完整而不變的。

都只是很努力想將那種亮度與溫暖帶給你而已。

蔡智恆

2017 年 10 月　於台南

國家圖書館出版品預行編目資料

蝙蝠 / 蔡智恆著. -- 二版. -- 臺北市：麥田出
版：家庭傳媒城邦分公司發行, 2017.12
面；　公分. -- (痞子蔡作品集；11)
ISBN 978-986-344-514-2(平裝)

857.7　　　　　　　　　　　　　106020570

痞子蔡作品集011

蝙蝠(新版)

作　　　者／蔡智恆
責 任 編 輯／林秀梅

版　　　權／吳玲緯　蔡傳宜
行　　　銷／艾青荷　蘇莞婷　黃家瑜
業　　　務／李再星　陳美燕　杻幸君
副 總 編 輯／林秀梅
編 輯 總 監／劉麗真
總 經 理／陳逸瑛
發 行 人／涂玉雲
出　　　版／麥田出版
　　　　　　104台北市民生東路二段141號5樓
　　　　　　電話：(886)2-2500-7696　傳真：(886)2-2500-1967
發　　　行／英屬蓋曼群島商家庭傳媒股份有限公司城邦分公司
　　　　　　104台北市民生東路二段141號11樓
　　　　　　書虫客服服務專線：(886)2-2500-7718、2500-7719
　　　　　　24小時傳真服務：(886)2-2500-1990、2500-1991
　　　　　　服務時間：週一至週五09:30-12:00・13:30-17:00
　　　　　　郵撥帳號：19863813　戶名：書虫股份有限公司
　　　　　　讀者服務信箱E-mail：service@readingclub.com.tw
　　　　　　麥田部落格：http://blog.pixnet.net/ryefield
　　　　　　麥田出版Facebook：https://www.facebook.com/RyeField.Cite/
香港發行所／城邦（香港）出版集團有限公司
　　　　　　香港灣仔駱克道193號東超商業中心1樓
　　　　　　電話：(852) 2508-6231　　傳真：(852) 2578-9337
　　　　　　E-mail：hkcite@biznetvigator.com
馬新發行所／城邦（馬新）出版集團【Cite(M) Sdn. Bhd.（458372U）】
　　　　　　41, Jalan Radin Anum, Bandar Baru Sri Petaling,
　　　　　　57000 Kuala Lumpur, Malaysia.
　　　　　　電話：(603)9057-8822　　傳真：(603)9057-6622
　　　　　　E-mail：cite@cite.com.my
設　　　計／陳采瑩
排　　　版／立全電腦印前排版有限公司
印　　　刷／沐春行銷創意有限公司

■2010年（民99）10月26日　初版一刷
■2017年（民106）12月1日　二版一刷

定價／260元

城邦讀書花園
www.cite.com.tw
書店網址：www.cite.com.tw